VOLTAIRE

ZADIG

OU LA DESTINÉE

CONTE PHILOSOPHIQUE

TEXTE INTÉGRAL

Texte établi d'après
l'édition originale de 1747
et celle des œuvres complètes de Voltaire de 1775 et,
pour les deux chapitres complémentaires,
d'après l'édition posthume de 1785.

Notes explicatives, questionnaires, bilans,
documents et parcours thématique

établis par
Xavier DARCOS,
Doyen de l'Inspection générale.

Classiques Hachette

Couverture : Laurent Carré

Les mots suivis d'une puce ronde (•) ou d'un astérisque (*) sont définis dans les lexiques des pp. 188-191.

Crédits photographiques :
pp. 4 (*Voltaire*, lithographie de Villain, Paris, B.N. Estampes), 8, 11 (première page de *Zadig*, B.N.), 49, 104, 133, 161, 173 (*le château de Cirey-sur-Blaise*, B.N. Estampes), 187, 190, 192 (*Voltaire*, gravure de Mollison d'après Largillière, B.N. Estampes) : photographies Hachette ;
pp. 9 (Tableau des œuvres de Voltaire, contenues dans l'édition de Kelh), 22 : photographies Roger-Viollet ;
pp. 18, 28, 68 : photographies Bernand ;
pp. 36, 38, 41, 45, 51, 83, 122 : photographies Giraudon ;
pp. 56, 63, 78, 120, 129 : photographies Bibliothèque Nationale.

ISBN : 978-2-01-169296-2

www.hachette-education.com

SOMMAIRE

ZADIG
(texte intégral)

VOLTAIRE ET SON TEMPS

À PROPOS DE L'ŒUVRE

PARCOURS THÉMATIQUE

ANNEXES

VOLTAIRE.

Au moment où il rédige Zadig, en 1747, Voltaire a cinquante-trois ans. Il sort d'une période faste. L'année précédente, il a été élu à l'Académie française, après avoir été nommé « historiographe de France » puis « gentilhomme ordinaire de la Chambre du Roi ». Ami de Mme de Pompadour, la favorite du roi Louis XV, il mène depuis trois ans une vie brillante de courtisan et de poète couronné, reçu à Versailles ou à Fontainebleau. Mais, par tempérament, Voltaire reste un insoumis, prêt à se perdre pour un bon mot. Sa naturelle insolence agace la reine, trouble un roi influençable, excite des cabales contre lui, fragilise ses protecteurs. En octobre 1747, précisément, il doit se faire oublier. Il fait retraite quelque temps à Sceaux, puis à Lunéville, près du roi Stanislas, beau-père de Louis XV. C'est là, dans une sorte de mini-exil, qu'il fait paraître Zadig.

Le conte va refléter ce mélange de vie facile et imprévisible, à l'ombre des Grands, puissances capricieuses. Au bout d'une aventure rythmée par l'incohérence et l'absurdité des événements, Zadig recueille les fruits de ses bienfaits. Il se persuade qu'une raison profonde se cachait sous l'apparence des réalités hostiles et versatiles : la vertu finit toujours par être récompensée.

À dire vrai, Voltaire a passé l'âge de croire à cette illusion. Quant à la félicité éternelle d'un sage philosophe, jouissant du pouvoir absolu et d'un amour parfait, elle ne peut qu'appartenir au domaine de l'espérance. Un peu plus de dix ans après, quand il publiera Candide, Voltaire aura perdu jusqu'à cet espoir-là. Mais, pour l'instant, il préfère ne rien prendre au tragique, garder le sourire, éviter l'amertume et croire à sa chance.

Sources	Influences
Depuis le Moyen Âge, le conte repose surtout sur le merveilleux : rebondissements et arrangements invraisemblables, interventions miraculeuses, conclusions heureuses.	Le héros vainqueur de tout (V-VII, X-XI, XVII, XIX) et sagace (III-IV, XII), proche des rois (VI-VIII, XIX). L'ange céleste (XVIII). Les comparses ou les hasards qui sauvent la situation au dernier moment (IV, VIII, XI). Les renversements incroyables (VIII, IX, X).
Le récit cherche à la fois à impressionner l'imagination (histoires tragiques et sentimentales) et à faire rêver (féeries, amour courtois, exotisme).	Les combats et les duels (X, XVII, XIX), les enlèvements et les fuites (X,XI, XVI), les cruels coups du sort (I, VIII, XV, XVII), les supplices (IV, XIII), la violence (IX, XIV, XV), l'assassinat (VIII). Le « coup de foudre » et l'amour parfait, le couple idéal séparé (VIII), puis uni pour l'éternité (XIX).
Le dépaysement favorise cette double fonction, grâce surtout à l'Orient (dès les Croisades). Grande influence des « turqueries » et des *Mille et Une nuits* (1705).	Tout le conte se déroule au Moyen Orient (cf. la carte en annexes) et les clichés orientaux défilent (le sérail, les sultans, les mages* et les interdits religieux, les esclaves, les femmes lascives et le harem, les caravanes et les marchés, le fatalisme* des personnages).
La tradition des fabliaux, reprise par Rabelais, présente une vision simplifiée et grossie de l'humanité, jouant sur des antagonismes simples (le bon/le méchant ; le gros/le maigre) et des types. D'où le rire, la parodie*, parfois la grivoiserie.	Le héros est confronté à des incarnations : de l'envie et de la vanité (Arimaze et Itobad), du fanatisme (Yébor), de la jalousie (VIII), de la sottise (III-IV, XII), de la violence (XV-XVI), de l'injustice (IV, XIII). Les femmes sont caricaturées (Sémire, Azora, Missouf) ou intouchables (Astarté). On croise des « figures » : un roi brigand (XIV), un goinfre (Ogul), un suicidaire (le Pêcheur), un débrouillard (Cador), etc.
Mais cette revue des comportements humains oriente le conte vers la satire et la leçon morales (La Fontaine, Perrault, etc.) : dès Fénelon (*Télémaque*, 1699) et Montesquieu (*Lettres persanes*, 1721), le voyage exotique sert de prétexte à une revue critique des idées et des civilisations.	Presque chaque chapitre est une « étude de cas » (cf. les titres-programmes), conclue par un bilan qui permet de renouer artificiellement avec l'intrigue (Zadig en quête d'Astarté), selon une structure cyclique. On traverse plusieurs sociétés ou états. La parodie* est très appuyée (par l'ironie et par les allusions à l'actualité) : l'auteur évite que la fiction ne fasse oublier la dénonciation.
L'itinéraire du héros permet à la fois une sorte de « roman d'apprentissage » et une initiation aux systèmes philosophiques.	Le héros est mûri par les épreuves. Grâce à ses propres mérites, il finit par s'imposer (V-VII, XI-XII, XVI) avant de devenir roi (XIX). Cette ascension sociale s'accompagne d'un circuit initiatique (*« qu'est-ce donc que la vie humaine ? »*, VIII), jusqu'à la révélation de la Providence (XVIII).

Zadig doit beaucoup au goût de son époque. Voltaire s'inspire de la vogue des contes orientaux et invite l'imagination à vagabonder dans une Arabie fabuleuse. Il a recours au merveilleux et à la féerie. Enfin, c'est une romanesque histoire d'amour qui sert de fil au récit.

Mais si Zadig est une œuvre-reflet du milieu du XVIIIe siècle, c'est surtout parce que ce conte se fait l'écho des idées qui agitaient les penseurs et les salons d'alors. Ce « siècle des Lumières » avait conscience que l'aventure humaine suivait, objectivement, une ligne ascendante. On essayait donc de comprendre le sens de l'Histoire. On s'interrogeait aussi sur le destin individuel. Une volonté supérieure (qu'on nommera Providence*) préside-t-elle à notre destinée ? Une justice divine veille-t-elle sur nos actions, qui seront finalement punies ou récompensées ? Telles sont quelques-unes des questions que pose Zadig. Mais Voltaire sait bien que de tels débats dépassent et ennuient la plupart des lecteurs. Le conte, qui a pour sous-titre la Destinée, y réfléchit sans pour autant cesser de divertir.*

Inutile de dire qu'un tel sujet parle à la conscience moderne. Le lecteur d'aujourd'hui, malgré le plaisir des aventures à rebondissements, hésitera à se prendre pour Zadig : la féerie et l'invraisemblance sont trop fortes pour qu'il s'incarne totalement dans ce héros. Pourtant, l'actualité, par voie de presse, nous ramène souvent aux heurs et malheurs des mariages princiers, ou à des réussites sociales imprévisibles. Face aux errements humains, il vient toujours un moment où notre sensibilité se voudrait plus humanitaire, et où l'intelligence essaie de comprendre le pourquoi et le comment. Et, à défaut de discerner ce qui fait courir le monde, chacun essaie du moins, comme Zadig, de conduire honnêtement sa propre vie en vue du bonheur. Au fond, Zadig, c'est « la vie, mode d'emploi », pour qui se refuse à désespérer.

Groupe de six portraits de Voltaire
à différents âges, lithographie de Raban (B.N., Est.).

Lettres de Memmius Rem. sur Pascal 32
théâtre anglais
47
Romans Zadig microméga. Babouc. Memnon, Candide, l'Ingénu 44
écus
45
Vie de Voltaire

PERSONNAGES PRINCIPAUX

Almona : jeune et jolie veuve (XI)[1] que Zadig dissuade de se jeter vivante dans un bûcher à la mort de son époux – comme le voulait la coutume.
Arbogad : brigand riche et généreux, *« le plus heureux des hommes »*, qui sympathise avec Zadig (XIV).
Arimaze : il envie le bonheur de Zadig et le calomnie pour le perdre (IV).
Astarté : épouse de Moabdar, roi de Babylone.
Azora : première épouse de Zadig (I), infidèle et désagréable (II), bientôt répudiée (III).
Cador : ami de Zadig (II) qui évite au héros d'être empalé par ordre des prêtres de Zoroastre (IV) et qui protège les malheureux (XV).
Clétofis : un Égyptien violent.
Falide : belle sultane, idéale et incorruptible, aimée par Nabussan (chapitre « Les yeux bleus »).
Hyrcanien (**Le prince d'Hyrcanie** ou **L'**) : chef d'un des partis qui se disputent le pouvoir après la mort de Moabdar (XVI).
Itobad : un « seigneur très riche », vaniteux, déloyal et voleur (XVII).
Jesrad : un ange venu du Ciel.
Missouf : seconde femme de Moabdar, capricieuse et extravagante (XVI).
Moabdar : roi de Babylone dont Zadig est le favori (IV), puis le premier ministre (VII), avant qu'il ne tombe amoureux de la reine.
Nabussan : roi bienveillant mais faible de l'île Serendib.
Ogul : un obèse, seigneur syrien qui retient Astarté en esclavage et à qui Zadig enseigne les vertus thérapeutiques du sport (XVI).
Orcan : c'est pour lui que Sémire quitte Zadig (I). Il séduit également la femme du Pêcheur (XV).
Otame : un des chevaliers que Zadig doit affronter pour pouvoir épouser Astarté (XVII).
Pêcheur (le) : un suicidaire, ancien fromager ruiné, à qui Zadig rend l'espérance (XV).
Sémire : première fiancée de Zadig (I et II).
Sétoc : riche Égyptien à qui Zadig est vendu comme esclave (X).
Yébor : *« archimage »* (IV), prêtre de Zoroastre•.
Zadig : jeune Babylonien riche et beau. Après un mariage déçu (II), il s'intéresse à la science – ce qui lui attire des ennuis (III).

---

1. Les numéros entre parenthèses désignent les chapitres de l'œuvre.

APPROBATION[1]

Je soussigné, qui me suis fait passer pour savant, et même pour homme d'esprit, ai lu ce manuscrit que j'ai trouvé, malgré moi, curieux, amusant, moral, philosophique, digne de plaire à ceux même qui haïssent les romans. Ainsi je l'ai décrié, et j'ai assuré M. le cadilesquier[2] que c'est un ouvrage détestable[3].

[Texte accompagnant toutes les éditions du conte, sauf la première et la dernière.]

ÉPITRE
DÉDICATOIRE
A LA
SULTANE SHÉRAA
PAR SADI.
Le 18. du mois de Schewal.
L'an 837. de l'Hégire.

CHARME des prunelles, tourment des cœurs, lumiére de l'eſprit, je ne baiſe point la pouſſiére de vos pieds, parceque vous
ã ij

---

1. *approbation* : toute œuvre, pour paraître, devait se soumettre à « l'approbation » royale, c'est-à-dire à la censure.
2. *cadilesquier* : sorte de ministre de la justice turc, chargé de la religion et des lois.
3. *détestable* : c'est sans doute Crébillon, censeur royal, qui est visé.

Épître dédicatoire de Zadig à la Sultane Sheraa[1] par Sadi[2] le 18 du Mois de Schewal[3], l'An 837 de l'Hégire[4].

Charme des prunelles, tourment des cœurs, lumière de l'esprit, je ne baise point la poussière de vos pieds, parce que vous ne marchez guère, ou que vous marchez sur des tapis d'Iran ou sur des roses. Je vous offre la traduction d'un livre d'un ancien sage, qui, ayant le bonheur de n'avoir rien à faire, eut celui de s'amuser à écrire l'histoire de Zadig : ouvrage qui dit plus qu'il ne semble dire. Je vous prie de le lire et d'en juger : car, quoique vous soyez dans le printemps de votre vie, quoique tous les plaisirs vous cherchent, quoique vous soyez belle, et que vos talents ajoutent à votre beauté ; quoiqu'on vous loue du soir au matin, et que par toutes ces raisons vous soyez en droit de n'avoir pas le sens commun, cependant vous avez l'esprit très sage et le goût très fin, et je vous ai entendue raisonner mieux que de vieux derviches[5] à longue barbe et à bonnet pointu. Vous êtes discrète, et vous n'êtes point défiante ; vous êtes douce sans être faible ; vous êtes bienfaisante avec discernement ; vous aimez vos amis, et vous ne vous faites point d'ennemis. Votre esprit n'emprunte jamais ses agréments des traits de médisance ; vous ne dites de mal, ni n'en faites, malgré la prodigieuse facilité que vous y auriez. Enfin votre âme m'a toujours paru pure comme votre beauté. Vous avez même un petit fonds de philosophie qui m'a fait croire que vous prendriez plus de goût qu'une autre à cet ouvrage d'un sage.

---

1. *Sheraa* : c'est le nom arabe de l'étoile Sirius, très lumineuse, mais il rappelle aussi Schéhérazade, sultane qui conte les *Mille et Une nuits*.
2. *Sadi* : poète persan du XIIIe siècle, auteur du *Gulistan*.
3. *Schewal* : dix-huitième mois de l'année musulmane.
4. *hégire* : fuite de Mahomet loin de la Mecque dont la date (622) sert de point de départ à l'ère des musulmans : 837 correspond à 1459.
5. *derviches* : religieux musulmans.

Il fut écrit d'abord en ancien chaldéen, que ni vous ni moi n'entendons. On le traduisit en arabe, pour amuser le célèbre sultan Ouloug-beg[1]. C'était du temps où les Arabes et les Persans commençaient à écrire des *Mille et Une nuits*[2], des *Mille et Un jours*, etc. Ouloug aimait mieux la lecture de *Zadig*, mais les sultanes aimaient les Mille et un. « Comment pouvez-vous préférer, leur disait le sage Ouloug, des contes qui sont sans raison et qui ne signifient rien ? – C'est précisément pour cela que nous les aimons », répondaient les sultanes.

Je me flatte que vous ne leur ressemblerez pas, et que vous serez un vrai Ouloug. J'espère même que, quand vous serez lasse des conversations générales, qui ressemblent assez aux Mille et un, à cela près qu'elles sont moins amusantes, je pourrai trouver une minute pour avoir l'honneur de vous parler raison. Si vous aviez été Thalestris[3] du temps de Scander, fils de Philippe ; si vous aviez été la reine de Sabée[4] du temps de Soleiman, c'eussent été ces rois qui auraient fait le voyage.

Je prie les vertus célestes que vos plaisirs soient sans mélange, votre beauté durable, et votre bonheur sans fin.

Sadi.

1. *Ouloug-beg* : petit-fils de Tamerlan, qui régna de 1416 à 1449, considéré comme un prince philosophe.
2. *Mille et Une nuits* : la traduction par Jean Galland a commencé à paraître en 1704.
3. *Thalestris* : reine des Amazones, qui proposa à *Scander* (Alexandre) de l'épouser.
4. *Sabée* : la reine de Saba ; elle vint en Palestine pour rencontrer *Soleiman* (Salomon) dont la sagesse était légendaire.

Questions

Compréhension

1. *Voltaire commence par mettre son lecteur en condition : cette épître est un* « seuil » *qui doit créer l'intérêt et préparer l'approche du texte. Expliquez de quelle façon notre curiosité est éveillée.*

2. *Relevez ce que ce préambule nous apprend des intentions de l'œuvre elle-même : thèmes, caractéristiques, idées, etc.*

3. *La sultane Sheraa : comment nous est-elle présentée ? Relevez ses traits physiques et ses vertus.*

4. *Pourquoi cette insistance, dans le portrait moral de la sultane ? Le lecteur doit-il y adhérer ou est-ce une parodie ?*

Écriture / Réécriture

5. *Voltaire imite le style habituel des dédicaces, officielles et flatteuses : relevez-en les marques les plus évidentes.*

6. *La couleur orientale : indiquez les moyens par lesquels elle est rendue – et parodiée.*

7. *D'une manière générale, tout ce texte a recours à l'humour* (notamment par la surcharge et par l'ironie*) : donnez-en des exemples.*

8. *Rédigez à la manière de Voltaire, en quelques phrases, une* « épître dédicatoire » *adressée, par exemple, à une impératrice de Chine ou à un grand* « sachem » *indien.*

CHAPITRE PREMIER

LE BORGNE

Du temps du roi Moabdar[1] il y avait à Babylone[2] un jeune homme nommé Zadig[3], né avec un beau naturel fortifié par l'éducation. Quoique riche et jeune, il savait modérer ses passions ; il n'affectait rien[4] ; il ne voulait point toujours avoir raison, et savait respecter la faiblesse des hommes. On était étonné de voir qu'avec beaucoup d'esprit il n'insultât jamais par des railleries à ces propos si vagues, si rompus[5], si tumultueux, à ces médisances[6] téméraires, à ces décisions ignorantes, à ces turlupinades[7] grossières, à ce vain bruit de paroles, qu'on appelait conversation dans Babylone. Il avait appris, dans le premier livre de Zoroastre[8], que l'amour-propre est un ballon gonflé de vent, dont il sort des tempêtes quand on lui a fait une piqûre. Zadig surtout ne se vantait pas de mépriser les femmes et de les subjuguer. Il était généreux ; il ne craignait point d'obliger les ingrats, suivant ce grand précepte de Zoroastre• : « Quand tu manges, donne à manger aux chiens, dussent-ils te mordre. » Il était aussi sage qu'on peut l'être, car il cherchait à vivre avec les sages. Instruit dans les sciences des anciens Chaldéens[9], il n'ignorait pas les principes physiques de la nature tels qu'on les connais-

---

1. *Moabdar* : nom inventé par Voltaire, d'après *Moab*, pays proche de la Palestine.
2. *Babylone* : capitale de l'antique Chaldée, sur l'Euphrate (cf. carte en annexes).
3. *Zadig* : c'est-à-dire « le Juste ».
4. *il n'affectait rien* : il n'avait pas d'ambition excessive.
5. *rompus* : décousus, peu cohérents.
6. *médisances* : thème satirique à la mode ; le lecteur comprend d'emblée qu'on va indirectement parler de Paris.
7. *turlupinades* : amusements vulgaires, plaisanteries douteuses. Turlupin était un acteur de farces du XVIIe siècle.
8. *Zoroastre* : autre nom de Zarathoustra, prophète et réformateur religieux de la Perse (l'Iran), à qui l'on attribuait l'*Avesta*.
9. *Chaldéens* : les Babyloniens, réputés pour leur savoir astronomique, eurent en effet l'intuition du système planétaire tel que nous le concevons depuis Copernic.

sait alors, et savait de la métaphysique ce qu'on en a su dans tous les âges, c'est-à-dire fort peu de chose. Il était fermement persuadé que l'année était de trois cent soixante et cinq jours et un quart, malgré la nouvelle philosophie de son temps, et que le soleil était au centre du monde[1] ; et quand les principaux mages lui disaient, avec une hauteur insultante, qu'il avait de mauvais sentiments, et que c'était être ennemi de l'État que de croire que le soleil tournait sur lui-même et que l'année avait douze mois, il se taisait sans colère et sans dédain.

Zadig, avec de grandes richesses, et par conséquent avec des amis, ayant de la santé, une figure aimable, un esprit juste et modéré, un cœur sincère et noble, crut qu'il pouvait être heureux. Il devait se marier à Sémire[2], que sa beauté, sa naissance et sa fortune rendaient le premier parti de Babylone. Il avait pour elle un attachement solide et vertueux, et Sémire l'aimait avec passion. Ils touchaient au moment fortuné qui allait les unir, lorsque, se promenant ensemble vers une porte de Babylone, sous les palmiers qui ornaient le rivage de l'Euphrate, ils virent venir à eux des hommes armés de sabres et de flèches. C'étaient des satellites[3] du jeune Orcan[4], neveu d'un ministre, à qui les courtisans de son oncle avaient fait accroire que tout lui était permis. Il n'avait aucune des grâces ni des vertus de Zadig ; mais, croyant valoir beaucoup mieux, il était désespéré de n'être pas préféré. Cette jalousie, qui ne venait que de sa vanité, lui fit penser qu'il aimait éperdument Sémire. Il voulait l'enlever. Les ravisseurs la saisirent, et dans les emportements de leur violence ils la blessèrent, et firent couler le sang d'une personne dont la vue aurait attendri les tigres du mont Imaüs[5]. Elle perçait le ciel de ses

1. *au centre du monde* : selon le système de Ptolémée – mais Voltaire doit penser aussi à Galilée qui a démontré en effet que *le soleil tournait sur lui-même*.
2. *Sémire* : nom francisé de *Sémiramis*, figure-type de l'infidélité conjugale.
3. *satellites* : les acolytes, les gardes en armes (sens latin).
4. *Orcan* : anagramme de Rohan ; mais ce nom apparaissait aussi dans le *Bajazet* de Racine.
5. *mont Imaüs* : l'Himalaya – où les tigres sont plutôt rares !

plaintes. Elle s'écriait : « Mon cher époux ! on m'arrache à ce que j'adore ! » Elle n'était point occupée de son danger ; elle ne pensait qu'à son cher Zadig. Celui-ci, dans le même temps, la défendait avec toute la force que donnent la valeur et l'amour. Aidé seulement de deux esclaves, il mit les ravisseurs en fuite et ramena chez elle Sémire, évanouie et sanglante, qui en ouvrant les yeux vit son libérateur. Elle lui dit : « Ô Zadig ! je vous aimais comme mon époux ; je vous aime comme celui à qui je dois l'honneur et la vie. » Jamais il n'y eut un cœur plus pénétré que celui de Sémire. Jamais bouche plus ravissante n'exprima des sentiments plus touchants par ces paroles de feu qu'inspirent le sentiment du plus grand des bienfaits et le transport le plus tendre de l'amour le plus légitime. Sa blessure était légère ; elle guérit bientôt. Zadig était blessé plus dangereusement ; un coup de flèche reçu près de l'œil lui avait fait une plaie profonde. Sémire ne demandait aux dieux que la guérison de son amant. Ses yeux étaient nuit et jour baignés de larmes : elle attendait le moment où ceux de Zadig pourraient jouir de ses regards ; mais un abcès survenu à l'œil blessé fit tout craindre. On envoya jusqu'à Memphis[1] chercher le grand médecin Hermès[2], qui vint avec un nombreux cortège. Il visita le malade, et déclara qu'il perdrait l'œil ; il prédit même le jour et l'heure où ce funeste accident devait arriver. « Si c'eût été de l'œil droit, dit-il, je l'aurais guéri ; mais les plaies de l'œil gauche sont incurables. » Tout Babylone, en plaignant la destinée de Zadig, admira la profondeur de la science d'Hermès. Deux jours après, l'abcès perça de lui-même ; Zadig fut guéri parfaitement. Hermès écrivit un livre où il lui prouva qu'il n'avait pas dû[3] guérir. Zadig ne le lut point ; mais, dès qu'il put sortir, il se prépara à rendre

1. *Memphis* : capitale de l'ancienne Égypte.
2. *Hermès* : Hermès-Trismégiste, figure mythologique, inventeur des sciences, détenteur de tous les secrets de la nature, magicien guérisseur. La légende, par confusion, en faisait le roi de Thèbes. Les Grecs l'assimilaient au dieu égyptien Toth et les Perses le considéraient comme le créateur de la médecine.
3. *n'avait pas dû* : n'aurait pas dû (latinisme).

visite à celle qui faisait l'espérance du bonheur de sa vie et pour qui seule il voulait avoir des yeux. Sémire était à la campagne depuis trois jours. Il apprit en chemin que cette belle dame, ayant déclaré hautement qu'elle avait une aversion insurmontable pour les borgnes, venait de se marier à Orcan la nuit même. À cette nouvelle, il tomba sans connaissance ; sa douleur le mit au bord du tombeau ; il fut longtemps malade ; mais enfin la raison l'emporta sur son affliction, et l'atrocité de ce qu'il éprouvait servit même à le consoler.

« Puisque j'ai essuyé, dit-il, un si cruel caprice d'une fille élevée à la cour, il faut que j'épouse une citoyenne[1]. » Il choisit Azora, la plus sage et la mieux née de la ville ; il l'épousa et vécut un mois avec elle dans les douceurs de l'union la plus tendre. Seulement il remarquait en elle un peu de légèreté et beaucoup de penchant à trouver toujours que les jeunes gens les mieux faits étaient ceux qui avaient le plus d'esprit et de vertu.

José Maria Flotabs et Daniel Rivière dans l'adaptation de Zadig par G. Coulonges, mise en scène de J.-L. Barrault, Théâtre d'Orsay, 1978.

1. *citoyenne* : une citadine, une bourgeoise.

Questions

Compréhension

1. *Récapitulez le portrait de Zadig et les traits principaux de son caractère. Montrez son évolution entre le début et la fin du chapitre.*

2. *Les autres personnages, pour être bien compris, doivent être comparés à Zadig. Étudiez surtout l'opposition Zadig / Orcan.*

3. *Quelle image, d'après ce chapitre, Voltaire donne-t-il de la femme ?*

4. *Comment définir le monde où vit Zadig, dans les premières lignes ? Sur quoi repose le bonheur du héros ? Pourquoi Voltaire insiste-t-il sur la clarté* « mathématique » *des choses ?*

5. *Quelles sont les forces qui révèlent à Zadig que ce monde initial est peut-être une illusion ?*

6. *Sous couleur babylonienne, Voltaire dénonce la société parisienne : précisez les objets de cette satire.*

Écriture / Réécriture

7. *Relevez les marques du pittoresque* oriental.*

8. *La narration : qui voit et qui parle, dans ce récit ? Quel est l'intérêt d'avoir recours à une narration rétrospective d'événements passés ? Quelle est la fonction du recours au discours direct, interrompant le récit ?*

9. *Le sens général du chapitre peut être révélé par une étude suivie de deux champs lexicaux opposés, comme par exemple : l'ombre / la lumière ; l'apparence / la réalité ; l'idéal / la réalité. Relevez l'un de ces systèmes parallèles.*

10. *Entrainement au résumé : rédigez une synthèse de ce premier chapitre en suivant un schéma du type :* « Zadig croyait que... / mais, avec le temps, il découvre que... »

CHAPITRE SECOND

Le Nez[1]

Un jour Azora[2] revint d'une promenade tout en colère et faisant de grandes exclamations. « Qu'avez-vous, lui dit-il, ma chère épouse ? qui[3] vous peut mettre ainsi hors de vous-même ? – Hélas ! dit-elle, vous seriez comme moi si vous aviez vu le spectacle dont je viens d'être témoin. J'ai été consoler la jeune veuve Cosrou[4], qui vient d'élever depuis deux jours un tombeau à son jeune époux auprès du ruisseau qui borde cette prairie. Elle a promis aux dieux[5], dans sa douleur, de demeurer auprès de ce tombeau tant que l'eau de ce ruisseau coulerait auprès. – Eh bien, dit Zadig, voilà une femme estimable, qui aimait véritablement son mari ! – Ah ! reprit Azora, si vous saviez à quoi elle s'occupait quand je lui ai rendu visite ! – À quoi donc, belle Azora ? – Elle faisait détourner le ruisseau. » Azora se répandit en des invectives si longues, éclata en reproches si violents contre la jeune veuve, que ce faste de vertu ne plut pas à Zadig.

Il avait un ami, nommé Cador[6], qui était un de ces jeunes gens à qui sa femme trouvait plus de probité et de mérite qu'aux autres : il le mit dans sa confidence et s'assura, autant qu'il le pouvait, de sa fidélité par un présent considérable. Azora ayant passé deux jours chez une de ses amies à la campagne, revint le troisième jour à la maison. Des domestiques en pleurs lui annoncèrent que son mari était mort subitement la nuit même, qu'on n'avait pas osé lui porter cette funeste nouvelle, et qu'on

---

1. *Le nez* : cet épisode s'inspire de l'histoire de la « Matrone d'Éphèse » (Pétrone, *Satiricon*, chap. CXI), déjà imité par La Fontaine (*Fables*, VI, 21), et d'un conte chinois que Voltaire a lu récemment dans le *Recueil* (t. III) de Du Halde.
2. *Azora* : prénom arabe qui signifie *la brillante*.
3. *qui* : qu'est-ce *qui* (forme ancienne de l'interrogatif neutre).
4. *Cosrou* : nom masculin, celui du mari défunt.
5. *dieux* : en réalité, les Persans étaient monothéistes.
6. *Cador* : déformation du prénom arabe *Kaddour*, qui signifie *le Tout-Puissant*.

venait d'ensevelir Zadig dans le tombeau de ses pères, au bout du jardin. Elle pleura, s'arracha les cheveux, et jura de mourir. Le soir, Cador lui demanda la permission de lui parler, et ils pleurèrent tous deux. Le lendemain, ils pleurèrent moins, et dînèrent ensemble. Cador lui confia que son ami lui avait laissé la plus grande partie de son bien, et lui fit entendre qu'il mettrait son bonheur à partager sa fortune avec elle. La dame pleura, se fâcha, s'adoucit ; le souper fut plus long que le dîner ; on se parla avec plus de confiance : Azora fit l'éloge du défunt ; mais elle avoua qu'il avait des défauts dont Cador était exempt.

Au milieu du souper, Cador se plaignit d'un mal de rate violent ; la dame, inquiète et empressée, fit apporter toutes les essences dont elle se parfumait, pour essayer s'il n'y en avait pas quelqu'une qui fût bonne pour le mal de rate ; elle regretta beaucoup que le grand Hermès ne fût pas encore à Babylone ; elle daigna même toucher le côté où Cador sentait de si vives douleurs. « Êtes-vous sujet à cette cruelle maladie ? lui dit-elle avec compassion. – Elle me met quelquefois au bord du tombeau, lui répondit Cador, et il n'y a qu'un seul remède qui puisse me soulager ; c'est de m'appliquer sur le côté le nez d'un homme qui soit mort la veille. – Voilà un étrange remède, dit Azora. – Pas plus étrange, répondit-il, que les sachets du sieur Arnou[1] contre l'apoplexie. » Cette raison, jointe à l'extrême mérite du jeune homme détermina enfin la dame. « Après tout, dit-elle, quand mon mari passera du monde d'hier dans le monde du lendemain sur le pont Tchinavar[2], l'ange Asraël[3] lui accordera-t-il moins de passage, parce que son nez sera un peu moins long dans la seconde vie que dans la pre-

1. *Arnou* : un certain Arnoult, à l'époque de Voltaire, faisait de la publicité pour un médicament-miracle contre l'apoplexie.

2. *Tchinavar* : pont devant lequel les âmes des défunts étaient jugées ; selon la doctrine de Zoroastre, seuls les justes pouvaient le traverser pour aller vers l'éternité bienheureuse.

3. *Asraël* : Voltaire mélange les mythologies ; Asraël est un ange de la religion musulmane, chargé de conduire les âmes quand elles quittent le corps.

mière ? » Elle prit donc un rasoir ; elle alla au tombeau de son époux, l'arrosa de larmes, et s'approcha pour couper le nez à Zadig, qu'elle trouva tout étendu dans la tombe. Zadig se relève en tenant son nez d'une main et arrêtant le rasoir de l'autre. « Madame, lui dit-il, ne criez plus tant contre la jeune Cosrou ; le projet de me couper le nez vaut bien celui de détourner un ruisseau. »

Illustration pour Zadig : *gravure de Trière d'après un tableau de Moreau le jeune.*

Questions

Compréhension

1. *Pour quelles raisons Zadig évolue-t-il ? En quoi consiste ce changement psychologique ?*

2. *Le personnage d'Azora : résumez son comportement. Que pensez-vous des raisons qui la conduisent à accepter les conseils de Cador ? Faites le parallèle avec Sémire (chapitre I) et avec* « la jeune veuve Cosrou ». *Quelles sont les constantes qui caractérisent l'image de la femme selon Voltaire ?*

3. *Quelle est la leçon de ce récit ?*

Écriture / Réécriture

4. *Tout le chapitre est orienté vers sa conclusion. Voltaire choisit donc un rythme rapide : donnez-en des exemples, dans le récit lui-même et dans les passages au discours direct. De même, il a recours à l'ellipse* (c'est-à-dire à la suppression volontaire d'éléments narratifs ou explicatifs) : montrez-le et appréciez l'effet produit.*

5. *Le conteur reste très présent dans le récit (jusque dans ses silences) : prouvez-le, notamment en relevant les traces d'humour* (voire d'humour noir) ou d'ironie*.*

6. *En quoi peut-on parler ici de* « comique de situation » *?*

7. *Rédigez un court texte où vous décrirez la réaction d'Azora quand Zadig, supposé mort, se redresse dans son tombeau.*

CHAPITRE TROISIÈME

Le Chien et le Cheval

Zadig éprouva que le premier mois du mariage, comme il est écrit dans le livre du Zend[1], est la lune de miel, et que le second est la lune de l'absinthe. Il fut quelque temps après obligé de répudier Azora qui était devenue trop difficile à vivre, et il chercha son bonheur dans l'étude de la nature. « Rien n'est plus heureux, disait-il, qu'un philosophe qui lit dans ce grand livre que Dieu a mis sous nos yeux. Les vérités qu'il découvre sont à lui ; il nourrit et il élève son âme ; il vit tranquille ; il ne craint rien des hommes, et sa tendre épouse ne vient point lui couper le nez. »

Plein de ces idées, il se retira dans une maison de campagne sur les bords de l'Euphrate. Là, il ne s'occupait pas à calculer combien de pouces d'eau coulaient en une seconde sous les arches d'un pont[2], ou s'il tombait une ligne cube[3] de pluie dans le mois de la Souris plus que dans le mois du Mouton[4]. Il n'imaginait point de faire de la soie avec des toiles d'araignée, ni de la porcelaine avec des bouteilles cassées[5] ; mais il étudia surtout les propriétés des animaux et des plantes, et il acquit bientôt une sagacité qui lui découvrait mille différences où les autres hommes ne voient rien que d'uniforme.

Un jour, se promenant auprès d'un petit bois, il vit

1. *Zend* : commentaire du texte de Zoroastre, l'*Avesta*.

2. *pont* : allusion ironique à un mémoire savant remis par Pitot à l'Académie des sciences en 1732.

3. *cube* : autrement dit, un tout petit volume : la *ligne* est le douzième du *pouce*, lequel valait 27 mm.

4. *Mouton* : il est usuel de désigner le zodiaque par des noms d'animaux – mais ils sont ici fantaisistes et font plutôt penser à l'astrologie chinoise. Voltaire nous rappelle aussi que la météorologie a pris son essor au XVIIIe siècle.

5. *bouteilles cassées* : autres allusions satiriques à l'actualité ; la soie et la porcelaine importées étant un luxe, Bon de Saint-Hilaire imagina de fabriquer de la soie avec des toiles d'araignée et Réaumur de la porcelaine avec du verre.

accourir à lui un eunuque[1] de la reine, suivi de plusieurs officiers qui paraissaient dans la plus grande inquiétude, et qui couraient çà et là, comme des hommes égarés qui cherchent ce qu'ils ont perdu de plus précieux : « Jeune homme, lui dit le premier eunuque, n'avez-vous point vu le chien de la reine ? » Zadig répondit modestement : « C'est une chienne, et non pas un chien. – Vous avez raison, reprit le premier eunuque. – C'est une épagneule très petite, ajouta Zadig. Elle a fait depuis peu des chiens ; elle boîte du pied gauche de devant, et elle a les oreilles très longues. – Vous l'avez donc vu ? dit le premier eunuque tout essoufflé. – Non, répondit Zadig, je ne l'ai jamais vu, et je n'ai jamais su si la reine avait une chienne. »

Précisément dans le même temps, par une bizarrerie ordinaire de la fortune, le plus beau cheval de l'écurie du roi s'était échappé des mains d'un palefrenier[2] dans les plaines de Babylone. Le grand veneur[3] et tous les autres officiers couraient après lui avec autant d'inquiétude que le premier eunuque après la chienne. Le grand veneur s'adressa à Zadig et lui demanda s'il n'avait point vu passer le cheval du roi. « C'est, répondit Zadig, le cheval qui galope le mieux ; il a cinq pieds de haut, le sabot fort petit ; il porte une queue de trois pieds et demi de long ; les bossettes[4] de son mors sont d'or à vingt-trois carats ; ses fers sont d'argent à onze deniers[5]. – Quel chemin a-t-il pris ? où est-il ? demanda le grand veneur. – Je ne l'ai point vu, répondit Zadig, et je n'en ai jamais entendu parler. »

Le grand veneur et le premier eunuque ne doutèrent pas que Zadig n'eût volé le cheval du roi et la chienne de la reine ; ils le firent conduire devant l'assemblée du

1. *eunuque* : homme castré, gardien du sérail ou du harem.
2. *palefrenier* : celui qui s'occupe des chevaux.
3. *grand veneur* : responsable des chasses et de la meute du roi.
4. *bossettes* : les ornements latéraux du mors.
5. *onze deniers* : de l'or et de l'argent quasiment purs.

grand desterham[1], qui le condamna au knout[2] et à passer le reste de ses jours en Sibérie. À peine le jugement fut-il rendu qu'on retrouva le cheval et la chienne. Les juges furent dans la douloureuse nécessité de réformer leur arrêt ; mais ils condamnèrent Zadig à payer quatre cents onces[3] d'or pour avoir dit qu'il n'avait point vu ce qu'il avait vu. Il fallut d'abord payer cette amende ; après quoi il fut permis à Zadig de plaider sa cause au conseil du grand desterham ; il parla en ces termes :

« Étoiles de justice, abîmes de science, miroirs de vérité qui avez la pesanteur du plomb, la dureté du fer, l'éclat du diamant et beaucoup d'affinité avec l'or ! Puisqu'il m'est permis de parler devant cette auguste assemblée, je vous jure par Orosmade[4] que je n'ai jamais vu la chienne respectable de la reine, ni le cheval sacré du roi des rois[5]. Voilà ce qui m'est arrivé. Je me promenais vers le petit bois, où j'ai rencontré depuis le vénérable eunuque et le très illustre grand veneur. J'ai vu sur le sable les traces d'un animal, et j'ai jugé aisément que c'étaient celles d'un petit chien. Des sillons légers et longs, imprimés de petites éminences de sable, entre les traces des pattes, m'ont fait connaître que c'était une chienne dont les mamelles étaient pendantes, et qu'ainsi elle avait fait des petits il y a peu de jours. D'autres traces en un sens différent, qui paraissaient toujours avoir rasé la surface du sable à côté des pattes de devant, m'ont appris qu'elle avait les oreilles très longues ; et, comme j'ai remarqué que le sable était toujours moins creusé par une patte que par les trois autres, j'ai compris que la chienne de notre auguste reine était un peu boiteuse, si je l'ose dire.

« À l'égard du cheval du roi des rois, vous saurez que,

1. *desterham* : déformation de Delterdar, nom du trésorier de l'État.
2. *knout* : fouet ou bastonnade, chez les Russes – lesquels exilent, en effet, leurs condamnés en *Sibérie* (autre fantaisie géographique !).
3. *quatre cents onces* : une once pesait 30,59 grammes.
4. *Orosmade* : nom équivalant à Ormuzd, le principe du Bien (par opposition à Ahriman, principe du Mal) selon l'enseignement de Zoroastre.
5. *roi des rois* : nom que les Grecs donnait au roi de Perse.

me promenant dans les routes de ce bois, j'ai aperçu les marques des fers d'un cheval ; elles étaient toutes à égales distances. Voilà, ai-je dit, un cheval qui a un "galop parfait". La poussière des arbres, dans une route étroite qui n'a que sept pieds[1] de large, était un peu enlevée à droite et à gauche, à trois pieds et demi du milieu de la route. Ce cheval, ai-je dit, a une queue de trois pieds et demi, qui, par ses mouvements de droite et de gauche, a balayé cette poussière. J'ai vu sous les arbres, qui formaient un berceau de cinq pieds de haut, les feuilles des branches nouvellement tombées, et j'ai connu que ce cheval y avait touché, et qu'ainsi il avait cinq pieds de haut. Quant à son mors, il doit être d'or à vingt-trois carats : car il en a frotté les bossettes contre une pierre que j'ai reconnue être une pierre de touche[2] et que j'ai fait l'essai. J'ai jugé enfin, par les marques que ses fers ont laissées sur des cailloux d'une autre espèce, qu'il était ferré d'argent à onze deniers de fin[3]. »

Tous les juges admirèrent le profond et subtil discernement de Zadig ; la nouvelle en vint jusqu'au roi et à la reine. On ne parlait que de Zadig dans les antichambres, dans la chambre et dans le cabinet[4] ; et quoique plusieurs mages opinassent[5] qu'on devait le brûler comme sorcier, le roi ordonna qu'on lui rendît l'amende des quatre cents onces d'or à laquelle il avait été condamné. Le greffier, les huissiers, les procureurs, vinrent chez lui en grand appareil[6] lui rapporter ces quatre cents onces ; ils en retinrent seulement trois cent quatre-vingt-dix-huit pour les frais de justice, et leurs valets demandèrent des honoraires.

Zadig vit combien il était dangereux quelquefois d'être

1. *sept pieds* : le *pied* vaut environ 33 cm.
2. *pierre de touche* : une pierre dure qui permet de vérifier la qualité d'un métal précieux.
3. *de fin* : d'argent pur.
4. *cabinet* : autrement dit, dans les lieux du Palais où vit le roi.
5. *opinassent* : fussent d'avis qu'on devait.
6. *en grand appareil* : avec beaucoup de solennité et en grand nombre.

trop savant, et se promit bien, à la première occasion, de ne point dire ce qu'il avait vu.

Cette occasion se trouva bientôt. Un prisonnier d'État s'échappa ; il passa sous les fenêtres de sa maison. On interrogea Zadig, il ne répondit rien ; mais on lui prouva qu'il avait regardé par la fenêtre. Il fut condamné pour ce crime à cinq cents onces d'or, et il remercia ses juges de leur indulgence, selon la coutume de Babylone. « Grand Dieu ! dit-il en lui-même, qu'on est à plaindre quand on se promène dans un bois où la chienne de la reine et le cheval du roi ont passé ! qu'il est dangereux de se mettre à la fenêtre ! et qu'il est difficile d'être heureux dans cette vie ! »

J. M. Flotats dans le rôle de Zadig.
Adaptation de G. Coulonges, décor et costumes de Pace, musique de S.Franklin et chorégraphie de Quentin Rouillier.

Questions

Compréhension

1. *Pourquoi Zadig fait-il retraite ? Dans quelle intention se tourne-t-il vers les sciences naturelles ? À quels autres types de savoir s'opposent-elles ?*

2. *Étudiez l'explication finale de Zadig devant* « le conseil du grand desterham » *: précisez le fonctionnement de sa démarche scientifique, en relevant notamment les marques de la modestie, de la précision objective et de la logique déductive.*

3. *L'esprit critique voltairien se moque évidemment de la société française : dites quels personnages et quels métiers sont visés, ici, et ce qu'on leur reproche.*

4. *À quelle démonstration philosophique aboutit le chapitre ? Quel sens supplémentaire apporte l'aventure du prisonnier qui passe devant la fenêtre ?*

Écriture

5. *Cet épisode répond fidèlement aux traditions du conte oriental. Relevez, en particulier, l'utilisation du pittoresque* et du merveilleux.*

6. *La structure narrative repose sur des parallélismes. Quel est l'effet visé ? Pourquoi Zadig ne s'explique-t-il pas plus tôt, dès qu'il est interrogé par l'eunuque ? Appréciez aussi le renversement apporté par le dernier paragraphe.*

7. *Recherches pour un exercice comparatif : trouvez, par exemple dans une enquête de Sherlock Holmes (de Conan Doyle) ou du commissaire Maigret (de Georges Simenon), un passage qui illustre les mêmes techniques d'enquête et de déduction que dans cet épisode digne d'un roman policier.*

CHAPITRE QUATRIÈME

L'ENVIEUX

Zadig voulut se consoler par la philosophie et par l'amitié, des maux que lui avait faits la fortune[1]. Il avait, dans un faubourg de Babylone, une maison ornée avec goût, où il rassemblait tous les arts et tous les plaisirs dignes d'un honnête homme. Le matin, sa bibliothèque était ouverte à tous les savants ; le soir, sa table l'était à la bonne compagnie ; mais il connut bientôt combien les savants sont dangereux. Il s'éleva une grande dispute[2] sur une loi de Zoroastre• qui défendait de manger du griffon[3]. « Comment défendre le griffon, disaient les uns, si cet animal n'existe pas ? – Il faut bien qu'il existe, disaient les autres, puisque Zoroastre ne veut pas qu'on en mange. » Zadig voulut les accorder, leur disant : « S'il y a des griffons, n'en mangeons point ; s'il n'y en a point, nous en mangerons encore moins, et par là nous obéirons tous à Zoroastre. »

Un savant, qui avait composé treize volumes sur les propriétés du griffon, et qui de plus était grand théurgite[4], se hâta d'aller accuser Zadig, devant un archimage nommé Yébor[5], le plus sot des Chaldéens, et partant le plus fanatique. Cet homme aurait fait empaler Zadig pour la plus grande gloire du soleil, et en aurait récité le bréviaire de Zoroastre d'un ton plus satisfait. L'ami Cador (un ami vaut mieux que cent prêtres) alla trouver le vieux Yébor, et lui dit : « Vivent le soleil et les griffons !

---

1. *la fortune* : son destin.
2. *dispute* : débat, discussion.
3. *griffon* : animal fablueux, au corps de lion, à la tête et aux ailes d' aigle. Voltaire se moque d'une loi juive (*Deutéronome*, XIV, 12-13) qui interdit de manger du vautour, dont une variété est parfois nommée *griffon*.
4. *théurgite* : sorte de magicien qui communique avec les esprits ; autrement dit, par dérision : théologien.
5. *Yébor* : le nom de cet *archimage* (archiprêtre) est l'anagramme de Boyer, évêque de Mirepoix, ennemi déclaré de Voltaire.

gardez-vous bien de punir Zadig : c'est un saint ; il a des griffons dans sa basse-cour, et il n'en mange point ; et son accusateur est un hérétique qui ose soutenir que les lapins ont le pied fendu et ne sont point immondes[1]. – Eh bien, dit Yébor en branlant sa tête chauve, il faut empaler Zadig pour avoir mal pensé des griffons, et l'autre pour avoir mal parlé des lapins. » Cador apaisa l'affaire par le moyen d'une fille d'honneur à laquelle il avait fait un enfant, et qui avait beaucoup de crédit dans le collège des mages. Personne ne fut empalé ; de quoi plusieurs docteurs murmurèrent, et en présagèrent la décadence de Babylone. Zadig s'écria : « À quoi tient le bonheur ! tout me persécute dans ce monde, jusqu'aux êtres qui n'existent pas. » [Il maudit les savants, et ne voulut plus vivre qu'en bonne compagnie.][2]

Il rassemblait chez lui les plus honnêtes gens de Babylone et les dames les plus aimables ; il donnait des soupers délicats, souvent précédés de concerts, et animés par des conversations charmantes dont il avait su bannir l'empressement de montrer de l'esprit, qui est la plus sûre manière de n'en point avoir et de gâter la société la plus brillante. Ni le choix de ses amis ni celui des mets n'étaient faits par la vanité : car en tout il préférait l'être au paraître ; et par là il s'attirait la considération véritable, à laquelle il ne prétendait pas.

Vis-à-vis sa maison demeurait Arimaze[3], personnage dont la méchante âme était peinte sur sa grossière physionomie. Il était rongé de fiel et bouffi d'orgueil ; et, pour comble, c'était un bel esprit ennuyeux. N'ayant jamais pu réussir dans le monde, il se vengeait par en médire[4]. Tout riche qu'il était, il avait de la peine à rassembler chez lui des flatteurs. Le bruit des chars qui entraient le soir chez Zadig l'importunait, le bruit de ses louanges l'irritait davantage. Il allait quelquefois chez

1. *immondes* : autre allusion à des interdits alimentaires selon la loi biblique (*Deutéronome*, XIV, 7).
2. *[Il maudit (...) compagnie]* : ajout de l'édition de 1751.
3. *Arimaze* : ce nom rappelle *Ahriman*, principe du Mal selon Zoroastre.
4. *médire* : en en médisant.

Zadig, et se mettait à table sans être prié : il y corrompait toute la joie de la société, comme on dit que les harpies[1] infectent les viandes[2] qu'elles touchent. Il lui arriva un jour de vouloir donner une fête à une dame qui, au lieu de la recevoir, alla souper chez Zadig. Un autre jour, causant avec lui dans le palais, ils abordèrent un ministre qui pria Zadig à souper, et ne pria point Arimaze. Les plus implacables haines n'ont pas souvent des fondements plus importants. Cet homme, qu'on appelait l'Envieux dans Babylone, voulut perdre Zadig parce qu'on l'appelait l'Heureux. L'occasion de faire du mal se trouve cent fois par jour, et celle de faire du bien une fois dans l'année, comme dit Zoroastre•.

L'Envieux alla chez Zadig, qui se promenait dans ses jardins avec deux amis et une dame, à laquelle il disait souvent des choses galantes, sans autre intention que celle de les dire. La conversation roulait sur une guerre que le roi venait de terminer heureusement contre le prince d'Hyrcanie[3], son vassal. Zadig, qui avait signalé le courage dans cette courte guerre, louait beaucoup le roi, et encore plus la dame. Il prit ses tablettes, et écrivit quatre vers qu'il fit sur-le-champ et qu'il donna à lire à cette belle personne. Ses amis le prièrent de leur en faire part ; la modestie, ou plutôt un amour-propre bien entendu, l'en empêcha. Il savait que des vers impromptus ne sont jamais bons que pour celle en l'honneur de qui ils sont faits : il brisa en deux la feuille des tablettes sur laquelle il venait d'écrire, et jeta les deux moitiés dans un buisson de roses où on les chercha inutilement. Une petite pluie survint ; on regagna la maison. L'Envieux, qui resta dans le jardin, chercha tant qu'il trouva un morceau de la feuille. Elle avait été tellement[4] rompue que chaque moitié de vers qui remplissait la ligne faisait un sens, et même un vers d'une plus petite

1. *harpies* : monstres de la mythologie grecque, mi-femmes, mi-vautours.
2. *viandes* : les mets, tout ce qui se mange (sens classique, du latin *vivenda*).
3. *Hyrcanie* : au sud-est de la mer Caspienne ; ce prince se soulèvera contre le roi Moabdar (cf. chapitres XIV et XVI).
4. *tellement* : de telle sorte que.

mesure ; mais, par un hasard encore plus étrange, ces petits vers se trouvaient former un sens qui contenait les injures les plus horribles contre le roi. On y lisait :

Par les plus grands forfaits
Sur le trône affermi
Dans la publique paix
C'est le seul ennemi.

L'Envieux fut heureux pour la première fois de sa vie. Il avait entre les mains de quoi perdre un homme vertueux et aimable. Plein de cette cruelle joie, il fit parvenir jusqu'au roi cette satire écrite de la main de Zadig : on le fit mettre en prison, lui, ses deux amis et la dame. Son procès lui fut bientôt fait, sans qu'on daignât l'entendre. Lorsqu'il vint recevoir sa sentence, l'Envieux se trouva sur son passage, et lui dit tout haut que ses vers ne valaient rien. Zadig ne se piquait pas[1] d'être un bon poète ; mais il était au désespoir d'être condamné comme criminel de lèse-majesté et de voir qu'on retînt en prison une belle dame et deux amis pour un crime qu'il n'avait pas fait. On ne lui permit pas de parler, parce que ses tablettes parlaient. Telle était la loi de Babylone. On le fit donc aller au supplice à travers une foule de curieux, dont aucun n'osait le plaindre, et qui se précipitaient pour examiner son visage et pour voir s'il mourrait avec bonne grâce. Ses parents seulement étaient affligés, car ils n'héritaient pas. Les trois quarts de son bien étaient confisqués au profit du roi, et l'autre quart au profit de l'Envieux.

Dans le temps qu'il se préparait à la mort, le perroquet du roi s'envola de son balcon, et s'abattit dans le jardin de Zadig sur un buisson de roses. Une pêche y avait été portée d'un arbre voisin par le vent : elle était tombée sur un morceau de tablette à écrire auquel elle s'était collée. L'oiseau enleva la pêche et la tablette, et les porta sur les genoux du monarque. Le prince, curieux, y lut des mots qui ne formaient aucun sens, et qui paraissaient des fins de vers. Il aimait la poésie, [et il

1. *ne se piquait pas* : ne se prétendait pas.

y a toujours de la ressource avec les princes qui aiment les vers][1] : l'aventure de son perroquet le fit rêver[2]. La reine, qui se souvenait de ce qui avait été écrit sur une pièce de la tablette de Zadig, se la fit apporter. On confronta les deux morceaux, qui s'ajustaient ensemble parfaitement ; on lut alors les vers tels que Zadig les avait faits :

Par les plus grands forfaits j'ai vu troubler la terre.
Sur le trône affermi, le roi sait tout dompter.
Dans la publique paix l'amour seul fait la guerre :
C'est le seul ennemi qui soit à redouter.

Le roi ordonna aussitôt qu'on fît venir Zadig devant lui, et qu'on fît sortir de prison ses deux amis et la belle dame. Zadig se jeta le visage contre terre aux pieds du roi et de la reine : il leur demanda très humblement pardon d'avoir fait de mauvais vers ; il parla avec tant de grâce, d'esprit et de raison que le roi et la reine voulurent le revoir. Il revint et plut encore davantage. On lui donna tous les biens de l'Envieux qui l'avait injustement accusé ; mais Zadig les rendit tous, et l'Envieux ne fut touché que du plaisir de ne pas perdre son bien. L'estime du roi s'accrût de jour en jour pour Zadig. Il le mettait de tous ses plaisirs et le consultait dans toutes ses affaires. [La reine le regarda dès lors avec une complaisance qui pouvait devenir dangereuse pour elle, pour le roi son auguste époux, pour Zadig et pour le royaume. Zadig commençait à croire qu'il n'est pas difficile d'être heureux.][3]

1. *[et il y a (...) les vers]* : passage ajouté en 1751, par flatterie à l'adresse de Frédéric II.
2. *rêver* : songer et réfléchir à la fois.
3. *[La reine (...) d'être heureux.]* : conclusion ajoutée dans la seconde édition, en 1748.

Questions

Compréhension

1. *Le personnage de Yébor : relevez les termes qui le définissent. On retrouve ici la cible la plus habituelle de Voltaire : précisez ce qui est visé, à travers ce personnage.*

2. *L'évolution de Zadig : comment la définir ? Est-ce du dégoût et du renoncement, ou bien un effort d'adaptation au monde tel qu'il est ? Essayez de définir l'idéal de vie qu'il se propose. Que pensez-vous de son caractère et de sa manière de réagir aux événements contraires ?*

3. *Analysez l'attitude de Cador : en quoi diffère-t-il de Zadig ?*

4. *Arimaze est moins un personnage qu'un type :* « l'Envieux ». *Que symbolise l'envie ? Justifiez l'importance accordée à ce vice, dans le système de pensée voltairien.*

5. *Résumez, sous forme de deux colonnes, l'opposition des personnages Zadig / Arimaze. Recensez les approches possibles : physique, psychologique, morale, sociale, religieuse, etc.*

6. *De même, établissez la double visée du chapitre : une satire de la société parisienne et une image d'une société idéale.*

7. *Qu'est-ce que la destinée, si l'on s'en tient à ces deux récits (l'histoire du griffon et celle du poème déchiré en deux) ? Observez notamment ce qui est à l'origine des malheurs de Zadig ou des retournements de situation.*

8. *Dans cette inconstance générale, que reste-t-il qui puisse servir de référence et qui paraisse garder un peu de stabilité ?*

Écriture / Réécriture

9. *Le passage présente une structure narrative fondée sur un mouvement alternatif. Tracez-en le schéma. Vous pouvez comparer avec le premier chapitre.*

10. *Faites le recensement des marques du merveilleux oriental dans ce chapitre.*

11. *Relevez quelques formules-sentences qui doivent frapper le lecteur et qui résument l'idéologie voltairienne.*

12. *Essayez de rédiger à votre tour quelques vers qui, s'ils ne sont lus que par moitié, prennent un sens contraire ou différent.*

Pour vous aider, voici un exemple, dont vous pourrez imiter la structure grammaticale :
Je déteste surtout / qu'on n'écoute pas bien
Tous les bons professeurs / qui s'occupent de nous
Souvent très ignorants / et distraits par des riens,
Parfois insupportables / ou aimant faire les fous.

Prince accueillant une requête, *miniature persane.*
Paris, Musée du Louvre.

Bilan

L'action

• Ce que nous savons

Le monde babylonien nous paraissait d'emblée trop parfait. Outre la beauté, la bonne éducation et la richesse, Zadig semblait y trouver une philosophie de la vie qui le mettait à l'abri des passions et des vices. Mais c'était compter sans les réalités extérieures, et oublier qu'on ne vit pas sans autrui. Zadig découvre donc tour à tour la duplicité des femmes, le fanatisme des prêtres, les dangers d'en savoir plus que les autres, la force destructrice de l'envie. Cet apprentissage l'oblige à se dépouiller de ses illusions et à découvrir qu'il «est difficile d'être heureux dans cette vie» *(III) et dangereux de préférer* «l'être au paraître» *(IV), d'autant que les événements ne semblent obéir à aucune logique. Ce sont d'absurdes hasards ou des coïncidences qui entraînent les étapes du destin personnel, comme ce* «perroquet» *qui, par miracle, porte un bout de message* «sur les genoux du monarque» *(fin du chapitre IV) et transforme un futur supplicié en favori (Zadig le dira expressément au début du chapitre VI). Le thème de l'optimisme cohabite avec celui de l'absurde.*

• À quoi nous attendre ?

1. *L'instabilité des événements a, jusqu'ici, empêché la conclusion la plus probable (à commencer par le beau mariage de Zadig). La faveur du roi, qui se dessine, devrait entraîner deux conséquences prévisibles, une immédiate, une à plus long terme : lesquelles ?*

2. *Le lecteur a bien perçu un jeu de va-et-vient entre des forces contradictoires (le bien et le mal, l'être et le paraître, la volonté et le hasard, la science et l'obscurantisme, etc.) : à quelle logique obéira donc l'itinéraire du héros, désormais ?*

Les personnages

• Ce que nous savons

Zadig n'a pas mis longtemps à comprendre. Aucune des issues choisies par sa propre volonté (le mariage, l'amitié, la science, la convivialité, la poésie) n'aboutissent à ce qu'il prévoyait. À l'inverse, il manque d'être empalé pour avoir dit la vérité objective, née de l'observation et de la déduction (III), ou pour avoir mani-

festé un bon sens élémentaire («s'il y a des griffons, n'en mangeons point; s'il n'y en a point, nous en mangerons moins encore»). *Il est quasiment emporté par la versatilité des choses, et il ne semble pas très combatif, malgré sa bonne foi et sa vertu. Les autres personnages sont fortement typisés (la femme facile et inconstante, les prêtres ignares et fanatisés, l'ami secourable, l'Envieux caricatural), et on se doute bien que la revue des types va se poursuivre. Le principe, cher au conteur, de prévisibilité est très sollicité.*

- **À quoi nous attendre?**

1. *Les expériences vont forcément servir à modifier l'attitude de Zadig : mais quelle réaction utile, quelle adaptation opposer à une telle destinée et à une telle humanité?*

2. *Si personne, parmi les hommes, ne comprend rien au destin, vers où Zadig sera-t-il tenté de se tourner pour en interroger le mystère?*

Derviches, *miniature persane.*

CHAPITRE CINQUIÈME

LES GÉNÉREUX

Le temps arriva où l'on célébrait une grande fête qui revenait tous les cinq ans. C'était la coutume à Babylone de déclarer solennellement, au bout de cinq années, celui des citoyens qui avait fait l'action la plus généreuse. Les grands et les mages• étaient les juges. Le premier satrape[1], chargé du soin de la ville, exposait les plus belles actions qui s'étaient passées sous son gouvernement. On allait aux voix[2] ; le roi prononçait un jugement. On venait à cette solennité des extrémités de la terre. Le vainqueur recevait des mains du monarque une coupe d'or garnie de pierreries, et le roi lui disait ces paroles : « Recevez ce prix de la générosité, et puissent les dieux me donner beaucoup de sujets qui vous ressemblent ! »

Ce jour mémorable venu, le roi parut sur son trône, environné des grands, des mages, et des députés de toutes les nations qui venaient à ces jeux, où la gloire s'acquérait non par la légèreté des chevaux, non par la force du corps, mais par la vertu. Le premier satrape rapporta à haute voix les actions qui pouvaient mériter à leurs auteurs ce prix inestimable. Il ne parla point de la grandeur d'âme avec laquelle Zadig avait rendu à l'Envieux toute sa fortune : ce n'était pas une action qui méritât de disputer le prix.

Il présenta d'abord un juge qui, ayant fait perdre un procès considérable à un citoyen par une méprise dont il n'était pas responsable, lui avait donné tout son bien, qui était la valeur de ce que l'autre avait perdu.

Il produisit ensuite un jeune homme qui, étant éperdument épris d'une fille qu'il allait épouser, l'avait cédée

---

1. *satrape* : gouverneur de province, dans l'ancienne Perse.
2. *on allait aux voix* : on allait voter.

à un ami près d'expirer d'amour pour elle, et qui avait encore payé la dot en cédant la fille[1].

Ensuite il fit paraître un soldat qui, dans la guerre d'Hyrcanie, avait donné encore un plus grand exemple de générosité. Des soldats ennemis lui enlevaient sa maîtresse, et il la défendait contre eux ; on vint lui dire que d'autres Hyrcaniens enlevaient sa mère à quelques pas de là : il quitta en pleurant sa maîtresse, et courut délivrer sa mère ; il retourna ensuite vers celle qu'il aimait, et la trouva expirante. Il voulut se tuer ; sa mère lui remontra qu'elle n'avait que lui pour tout secours, et il eut le courage de souffrir la vie.

Les juges penchaient pour ce soldat. Le roi prit la parole, et dit : « Son action et celle des autres sont belles ; mais elles ne m'étonnent point ; hier Zadig en a fait une qui m'a étonné. J'avais disgracié depuis quelques jours mon ministre et mon favori Coreb. Je me plaignais de lui avec violence, et tous mes courtisans m'assuraient que j'étais trop doux ; c'était à qui me dirait le plus de mal de Coreb. Je demandai à Zadig ce qu'il en pensait, et il osa en dire du bien. J'avoue que j'ai vu, dans nos histoires, des exemples qu'on a payé de son bien une erreur, qu'on a cédé sa maîtresse, qu'on a préféré une mère à l'objet de son amour ; mais je n'ai jamais lu qu'un courtisan ait parlé avantageusement d'un ministre disgracié, contre qui son souverain était en colère. Je donne vingt mille pièces d'or à chacun de ceux dont on vient de réciter[2] les actions généreuses ; mais je donne la coupe à Zadig.

– Sire, lui dit-il, c'est votre Majesté seule qui mérite la coupe, c'est elle qui a fait l'action la plus inouïe, puisque, étant roi, vous ne vous êtes point fâché contre votre esclave, lorsqu'il contredisait votre passion[3]. »

On admira le roi et Zadig. Le juge qui avait donné son

1. *en cédant la fille* : plusieurs pièces de l'époque – dont une tragédie de Voltaire *Adélaïde Duguesclin* (1734) – évoquent ce type de conflit entre amour et amitié.
2. *réciter* : proclamer publiquement.
3. *passion* : lieu commun de la morale classique ; faire l'éloge du prince qui sait écouter ses conseillers vertueux.

bien, l'amant qui avait marié sa maîtresse à son ami, le soldat qui avait préféré le salut de sa mère à celui de sa maîtresse, reçurent les présents du monarque ; ils virent leurs noms écrits dans le livre des généreux. Zadig eut la coupe. Le roi acquit une réputation d'un bon prince, qu'il ne garda pas longtemps. Ce jour fut consacré par des fêtes plus longues que la loi ne le portait. La mémoire s'en conserve encore dans l'Asie. [Zadig disait : « Je suis donc enfin heureux ! » Mais il se trompait.][1]

Portrait de Fathali Schah Kadjar (XIIIe siècle).
Musée de Duplessis, Carpentras.

1. *[Zadig (...) il se trompait.]* : conclusion ajoutée dans l'édition de 1748.

Questions

Compréhension

1. *Quel type de vertu ces jeux veulent-ils récompenser, d'après les exemples qui y sont rapportés ? Quel est leur point commun ? Pourquoi le satrape ne retient-il pas la première bonne action de Zadig (fin du deuxième paragraphe) ?*

2. *Pourquoi est-ce Zadig qui reçoit finalement la coupe ? Il faut évaluer, ici, la nature du bienfait récompensé, dans le cadre de la fiction, mais ne pas oublier que l'auteur, Voltaire, pense aussi à sa propre situation et à son époque. Et il a de bonnes raisons de préférer une morale de la récompense à celle de la punition.*

3. *Comme à la fin du chapitre IV, Zadig s'affirme, dans les dernières lignes,* « heureux ». *Quelle est donc sa conception du bonheur ? À quoi voit-on qu'il n'a pas encore tiré les leçons de son expérience ? Notez que l'auteur intervient dans l'énonciation pour nous le rappeler.*

Écriture / Réécriture

4. *À qui auriez-vous donné la coupe honorant l'action la plus généreuse ?*

5. *Présentez successivement un argumentaire en faveur de chacune des trois actions énumérées ici.*

6. *Quelle importance, sur le plan narratif, faut-il accorder aux premiers mots de ce chapitre* (« Le temps arriva où... ») *? Relisez la fin du chapitre précédent, pour faire le lien, en étant attentif aux temps verbaux.*

7. *La structure du récit n'est pas conforme à celle des chapitres précédents. Précisez cette distinction en indiquant ce qu'elle rend prévisible pour la suite.*

8. *Rédigez un petit texte racontant, sous la forme d'un récit, l'une des deux bonnes actions rapportées au troisième paragraphe (le juge qui accorde une réparation à un justiciable injustement condamné) ou au quatrième paragraphe (l'amoureux qui cède la jeune fille dont il est épris).*

CHAPITRE SIXIÈME

LE MINISTRE

Le roi avait perdu son Premier ministre. Il choisit Zadig pour remplir cette place. Toutes les belles dames de Babylone applaudirent à ce choix ; car depuis la fondation de l'empire il n'y avait jamais eu de ministre si jeune. Tous les courtisans furent fâchés ; l'Envieux en eut un crachement de sang, et le nez lui enfla prodigieusement. Zadig, ayant remercié le roi et la reine, alla remercier aussi le perroquet : « Bel oiseau, lui dit-il, c'est vous qui m'avez sauvé la vie, et qui m'avez fait Premier ministre : la chienne et le cheval de Leurs Majestés m'avaient fait beaucoup de mal, mais vous m'avez fait du bien. Voilà donc de quoi dépendent les destins des hommes ! Mais, ajouta-t-il, un bonheur si étrange sera peut-être bientôt évanoui. » Le perroquet répondit : « Oui. » Ce mot frappa Zadig ; cependant, comme il était bon physicien[1] et qu'il ne croyait pas que les perroquets fussent prophètes, il se rassura bientôt, et se mit à exercer son ministère de son mieux.

Il fit sentir à tout le monde le pouvoir sacré des lois, et ne fit sentir à personne le poids de sa dignité. Il ne gêna point les voix du divan[2], et chaque vizir pouvait avoir un avis sans lui déplaire. Quand il jugeait une affaire, ce n'était pas lui qui jugeait, c'était la loi ; mais, quand elle était trop sévère, il la tempérait, et, quand on manquait de lois, son équité en faisait qu'on aurait prises pour celles de Zoroastre•.

C'est de lui que les nations tiennent ce grand principe : qu'il vaut mieux hasarder de sauver un coupable que de condamner un innocent. Il croyait que les lois étaient faites pour secourir les citoyens autant que pour

1. *physicien* : naturaliste, expert en sciences naturelles et exactes.
2. *divan* : conseil des ministres (les *vizirs*), présidé par le roi ou par le grand vizir.

les intimider. Son principal talent était de démêler la vérité, que tous les hommes cherchent à obscurcir[1].

Dès les premiers jours de son administration il mit ce grand talent en usage. Un fameux négociant de Babylone était mort aux Indes ; il avait fait ses héritiers ses deux fils par portions égales, après avoir marié leur sœur, et il laissait un présent de trente mille pièces d'or à celui de ses deux fils qui serait jugé l'aimer davantage. L'aîné lui bâtit un tombeau, le second augmenta d'une partie de son héritage la dot de sa sœur ; chacun disait : « C'est l'aîné qui aime le mieux son père ; le cadet aime mieux sa sœur ; c'est à l'aîné qu'appartiennent les trente mille pièces. »

Zadig les fit venir tous les deux l'un après l'autre. Il dit à l'aîné : « Votre père n'est point mort, il est guéri de sa dernière maladie, il revient à Babylone. – Dieu soit loué, répondit le jeune homme ; mais voilà un tombeau qui m'a coûté bien cher ! » Zadig dit ensuite la même chose au cadet. « Dieu soit loué, répondit-il, je vais rendre à mon père tout ce que j'ai ; mais je voudrais qu'il laissât à ma sœur ce que je lui ai donné. – Vous ne rendrez rien, dit Zadig, et vous aurez les trente mille pièces : c'est vous qui aimez le mieux votre père. »

Une fille fort riche avait fait une promesse de mariage à deux mages, et, après avoir reçu quelques mois des instructions de l'un et de l'autre, elle se trouva grosse. Ils voulaient tous deux l'épouser. « Je prendrai pour mon mari, dit-elle, celui des deux qui m'a mise en état de donner un citoyen à l'empire. – C'est moi qui ai fait cette bonne œuvre, dit l'un. – C'est moi qui ai eu cet avantage, dit l'autre. – Eh bien, répondit-elle, je reconnais pour père de l'enfant celui des deux qui lui pourra donner la meilleure éducation. » Elle accoucha d'un fils. Chacun des mages• veut l'élever. La cause est portée devant Zadig. Il fait venir les deux mages. « Qu'enseigneras-tu à ton pupille ? dit-il au premier. Je

1. *Son principal (...) obscurcir* : idée essentielle de la pensée voltairienne, hostile aux systèmes purement spéculatifs.

lui apprendrai, dit le docteur, les huit parties d'oraison[1], la dialectique[2], l'astrologie, la démonomanie[3], ce que c'est que la substance et l'accident[4], l'abstrait et le concret, les monades[5] et l'harmonie préétablie[6]. – Moi, dit le second, je tâcherai de le rendre juste et digne d'avoir des amis. » Zadig prononça : « Que tu sois son père ou non, tu épouseras sa mère. »

Le roi Kayou masth et sa cour, *collection Truniger, Lucerne.*

1. *oraison* : les diverses formes de la phrase, en vue de l'apprentissage du discours.
2. *dialectique* : l'art de discuter et d'opposer des arguments.
3. *démonomanie* : l'étude des démons et des possessions diaboliques.
4. *accident* : la *substance* est ce qui existe de façon permanente, constituant le fond et la nature des choses ; l'*accident* est ce qui les affecte momentanément sans atteindre leur substance.
5. *monades* : unité primordiale, matérielle ou spirituelle, chez Leibniz.
6. *harmonie préétablie* : autre allusion satirique à Leibniz, pour qui l'âme et le corps évoluent selon des correspondances préétablies et préréglées par Dieu.

CHAPITRE SEPTIÈME

LES DISPUTES ET LES AUDIENCES

C'est ainsi qu'il montrait tous les jours la subtilité de son génie[1] et la bonté de son âme ; on l'admirait, et cependant on l'aimait. Il passait pour le plus fortuné[2] de tous les hommes ; tout l'empire était rempli de son nom ; toutes les femmes le lorgnaient ; tous les citoyens célébraient sa justice ; les savants le regardaient comme leur oracle[3] ; les prêtres même avouaient qu'il en savait plus que le vieux archimage Yébor[4]. On était bien loin alors de lui faire des procès sur les griffons ; on ne croyait que ce qui lui semblait croyable.

Il y avait une grande querelle dans Babylone, qui durait depuis quinze cent années, et qui partageait l'empire en deux sectes opiniâtres : l'une prétendait qu'il ne fallait jamais entrer dans le temple de Mithra[5] que du pied gauche ; l'autre avait cette coutume en abomination et n'entrait jamais que du pied droit. On attendait le jour de la fête solennelle du feu sacré pour savoir quelle secte serait favorisée par Zadig. L'univers avait les yeux sur ses deux pieds, et toute la ville était en agitation et en suspens. Zadig entra dans le temple en sautant à pieds joints et il prouva ensuite, par un discours éloquent, que le Dieu du ciel et de la terre, qui n'a acception de[6] personne, ne fait pas plus de cas de la jambe gauche que de la jambe droite.

L'Envieux et sa femme prétendirent que dans son dis-

---

1. *génie* : talent inné.
2. *fortuné* : chanceux.
3. *oracle* : personne par qui s'exprime la vérité, qu'elle provienne de la science ou de Dieu.
4. *Yébor* : cf. note 5, p. 30.
5. *Mithra* : divinité du feu sacré et du soleil.
6. *qui n'a acception de* : qui n'a de préférence pour.

cours il n'y avait pas assez de figures[1], qu'il n'avait pas fait assez danser les montagnes et les collines[2]. « Il est sec et sans génie, disaient-ils : on ne voit chez lui ni la mer s'enfuir, ni les étoiles tomber, ni le soleil se fondre comme de la cire ; il n'a point le bon style oriental. » Zadig se contentait d'avoir le style de la raison. Tout le monde fut pour lui, non pas parce qu'il était dans le bon chemin, non pas parce qu'il était raisonnable, non pas parce qu'il était aimable, mais parce qu'il était premier vizir.

Il termina aussi heureusement le grand procès entre les mages• blancs et les mages noirs[3]. Les blancs soutenaient que c'était une impiété de se tourner, en priant Dieu, vers l'orient d'hiver ; les noirs assuraient que Dieu avait en horreur les prières des hommes qui se tournaient vers le couchant d'été[4]. Zadig ordonna qu'on se tournât comme on voudrait.

Il trouva ainsi le secret d'expédier le matin les affaires particulières et les générales ; le reste du jour, il s'occupait des embellissements de Babylone[5] ; il faisait représenter des tragédies où l'on pleurait, et des comédies où l'on riait ; ce qui était passé de mode depuis longtemps, et ce qu'il fit renaître parce qu'il avait du goût[6]. Il ne prétendait pas en savoir plus que les artistes ; il les récompensait par des bienfaits et des distinctions, et n'était point jaloux en secret de leurs talents. Le soir, il amusait beaucoup le roi, et surtout la reine. Le roi disait : « Le grand ministre ! », la reine disait : « L'aimable ministre ! » et tous deux ajoutaient : « C'eût été grand dommage qu'il eût été pendu. »

---

1. *figures* : tournures de style reconnaissables, pour enjoliver le discours.
2. *les montagnes et les collines* : voilà une tournure, inspirée du style biblique – tout comme celles de la phrase qui suit.
3. *mages blancs et mages noirs* : allusion probable aux prêtres catholiques (en aube blanche) et aux pasteurs protestants (en tenue noire).
4. *couchant d'été* : vers le nord-ouest.
5. *Babylone* : thème que Voltaire affectionne – cf. *Les embellissements de Paris* (1750).
6. *goût* : Voltaire est fidèle à la division classique des genres et il n'aime guère la comédie larmoyante ou le drame bourgeois, en vogue au XVIIIe siècle.

Jamais homme en place ne fut obligé de donner tant d'audiences aux dames. La plupart venaient lui parler des affaires qu'elles n'avaient point, pour en avoir une avec lui. La femme de l'Envieux s'y présenta des premières ; elle lui jura par Mithra•, par Zend-Avesta[1], et par le feu sacré, qu'elle avait détesté la conduite de son mari ; elle lui confia ensuite que ce mari était un jaloux, un brutal ; elle lui fit entendre que les dieux le punissaient en lui refusant les précieux effets de ce feu sacré par lequel seul l'homme est semblable aux immortels : elle finit par laisser tomber sa jarretière ; Zadig la ramassa avec sa politesse ordinaire, mais il ne la rattacha point au genou de la dame ; et cette petite faute, si c'en est une, fut la cause des plus horribles infortunes. Zadig n'y pensa pas, et la femme de l'Envieux y pensa beaucoup.

D'autres dames se présentaient tous les jours. Les annales secrètes de Babylone prétendent qu'il succomba une fois, mais qu'il fut tout étonné de jouir sans volupté, et d'embrasser son amante avec distraction. Celle à qui il donna, presque sans s'en apercevoir, des marques de sa protection, était une femme de chambre de la reine Astarté[2]. Cette tendre Babylonienne se disait à elle-même pour se consoler : « Il faut que cet homme-là ait prodigieusement d'affaires dans la tête, puisqu'il y songe encore, même en faisant l'amour. » Il échappa à Zadig, dans les instants où plusieurs personnes ne disent mot, et où d'autres ne prononcent que des paroles sacrées, de s'écrier : « La reine ! » La Babylonienne crut qu'enfin il était revenu à lui dans un bon moment et qu'il lui disait : « Ma reine ! » Mais Zadig, toujours très distrait, prononça le nom d'Astarté. La dame, qui dans ces heureuses circonstances interprétait tout à son avantage, s'imagina que cela voulait dire : « Vous êtes plus belle que la reine Astarté ! » Elle sortit du sérail[3] de Zadig avec de très

1. *Zend-Avesta* : les livres saints des disciples de Zoroastre.
2. *Astarté* : ce nom est aussi celui de la déesse du Ciel, chez les Chaldéens.
3. *du sérail* : du palais.

beaux présents. Elle alla conter son aventure à l'Envieuse, qui était son amie intime ; celle-ci fut cruellement piquée de la préférence. « Il n'a pas daigné seulement, dit-elle, me rattacher ma jarretière que voici, et dont je ne veux plus me servir. – Oh ! oh ! dit la fortunée à l'Envieuse, vous portez les mêmes jarretières que la reine ! Vous les prenez donc chez la même faiseuse ? » L'Envieuse rêva profondément, ne répondit rien, et alla consulter son mari l'Envieux.

Cependant Zadig s'apercevait qu'il avait toujours des distractions quand il donnait des audiences et quand il jugeait ; il ne savait à quoi les attribuer : c'était là sa seule peine.

Il eut un songe : il lui semblait qu'il était couché d'abord sur des herbes sèches, parmi lesquelles il y en avait quelques-unes de piquantes qui l'incommodaient, et qu'ensuite il reposait mollement sur un lit de roses, dont il sortait un serpent qui le blessait au cœur de sa langue acérée et envenimée. « Hélas ! disait-il, j'ai été longtemps couché sur ces herbes sèches et piquantes, je suis maintenant sur le lit de roses ; mais quel sera le serpent ? »

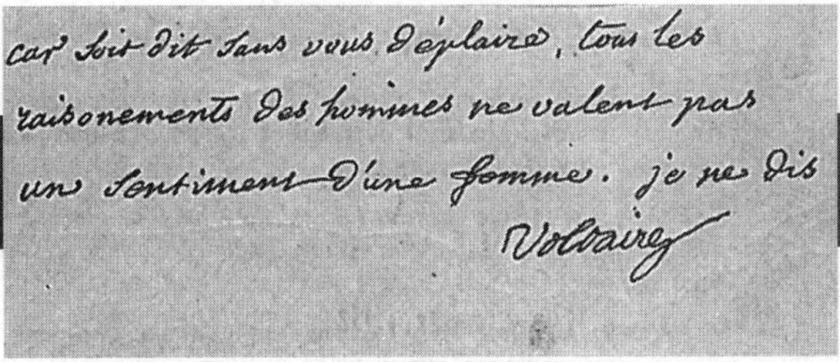
car soit dit sans vous déplaire, tous les
raisonements des hommes ne valent pas
un sentiment d'une femme. je ne dis
Voltaire

Autographe de Voltaire.

Questions

Compréhension

1. *Pourquoi Zadig commence-t-il par remercier son perroquet? Que faut-il en conclure sur la destinée?*

2. *Zadig au pouvoir : nommez sa vertu fondamentale. Recensez les divers jugements rendus par Zadig : vous y relèverez les formules résumant les principes qui guident ses arbitrages. Montrez que ces principes sont ceux du Droit moderne.*

3. *Les bienfaits de Zadig s'exercent dans des domaines très différents (affaires pénales, querelles familiales, débats religieux sur les rites, formes de l'éloquence, action en faveur des arts, etc.). Dès lors, comment définiriez-vous la nature de son pouvoir? Est-il possible ici de cerner, à travers Zadig, l'idéal politique et moral de Voltaire?*

4. *Si Zadig fait évoluer les comportements sociaux, arrive-t-il à modifier la nature humaine? Donnez des exemples de cette résistance au changement. Sur quoi repose-t-elle, ici encore?*

5. *La peinture de la société : sous couleur d'Orient, Voltaire nous parle de ses contemporains. Précisez ces allusions satiriques, notamment celles qui concernent le pouvoir judiciaire, la religion, les querelles idéologiques dérisoires, l'urbanisme, le théâtre et les femmes.*

6. *Percevez-vous des signes annonciateurs d'un destin qui pourrait se retourner contre le héros? Voyez aussi la question 9.*

Écriture / Réécriture

7. *Zadig devient un homme «providentiel». Voltaire imite donc le style des textes légendaires ou religieux : donnez-en quelques exemples, en vous aidant des notes.*

8. *Dans quelle mesure le recours à l'exotisme est-il ici plus marqué, plus pittoresque*, presque savant. Quelle est l'utilité, ici, de cette insistance?*

9. *Notez les rappels à des personnages ou à des situations antérieures, ainsi que les répétitions et les parallélismes, comme si tout recommençait sans cesse, selon un mouvement cyclique. Les récits rapportés (à propos des jugements, par exemple, à la fin du chapitre VI) obéissent à la même loi. Quelle signification faut-il attribuer à ce choix d'écriture?*

10. *Expliquez le double sens de l'expression* « le feu sacré » *(VII, lignes 61 et 64).*

11. *Imaginez à votre tour un songe prémonitoire, différent de celui du dernier paragraphe du chapitre VII, laissant prévoir à Zadig la même évolution des événements futurs.*

Portrait de Zika Charaf Kanoum (XIIIe siècle).
Musée de Duplessis, Carpentras.

CHAPITRE HUITIÈME

La Jalousie

Le malheur de Zadig vint de son bonheur même, et surtout de son mérite. Il avait tous les jours des entretiens avec le roi et avec Astarté, son auguste épouse. Les charmes de la conversation redoublaient encore par cette envie de plaire qui est à l'esprit ce que la parure est à la beauté ; sa jeunesse et ses grâces firent insensiblement sur Astarté une impression dont elle ne s'aperçut pas d'abord. Sa passion croissait dans le sein de l'innocence. Astarté se livrait sans scrupule et sans crainte au plaisir de voir et d'entendre un homme cher à son époux et à l'État ; elle ne cessait de le vanter au roi ; elle en parlait à ses femmes qui enchérissaient encore sur ses louanges ; tout servait à enfoncer dans son cœur le trait qu'elle ne sentait plus. Elle faisait des présents à Zadig, dans lesquels il entrait plus de galanterie[1] qu'elle ne pensait ; elle croyait ne lui parler qu'en reine contente de ses services, et quelquefois ses expressions étaient d'une femme sensible.

Astarté était beaucoup plus belle que cette Sémire qui haïssait tant les borgnes, et que cette autre femme qui avait voulu couper le nez à son époux[2]. La familiarité d'Astarté, ses discours tendres, dont elle commençait à rougir, ses regards, qu'elle voulait détourner, et qui se fixaient sur les siens, allumèrent dans le cœur de Zadig un feu dont il s'étonna. Il combattit ; il appela à son secours la philosophie, qui l'avait toujours secouru ; il n'en tira que des lumières, et n'en reçut aucun soulagement. Le devoir, la reconnaissance, la majesté souveraine violée se présentaient à ses yeux comme des dieux vengeurs ; il combattait, il triomphait ; mais cette vic-

---

1. *galanterie* : art de plaire, séduction.
2. *époux* : cf. chap. I et II.

toire, qu'il fallait remporter à tout moment, lui coûtait des gémissements et des larmes. Il n'osait plus parler à la reine avec cette douce liberté qui avait eu tant de charmes pour tous deux ; ses yeux se couvraient d'un nuage ; ses discours étaient contraints et sans suite ; il baissait la vue ; et quand, malgré lui, ses regards se tournaient vers Astarté, ils rencontraient ceux de la reine mouillés de pleurs, dont il partait des traits de flamme ; ils semblaient se dire l'un à l'autre : « Nous nous adorons, et nous craignons de nous aimer ; nous brûlons tous deux d'un feu que nous condamnons. »

Zadig sortait d'auprès d'elle égaré, éperdu, le cœur surchargé d'un fardeau qu'il ne pouvait plus porter : dans la violence de ces agitations, il laissa pénétrer son secret à son ami Cador, comme un homme qui, ayant soutenu longtemps les atteintes d'une vive douleur, fait enfin connaître son mal par un cri qu'un redoublement aigu lui arrache, et par la sueur froide qui coule sur son front.

Cador lui dit : « J'ai déjà démêlé les sentiments que vous vouliez vous cacher à vous-mêmes ; les passions ont des signes auxquels on ne peut se méprendre. Jugez mon cher Zadig, puisque j'ai lu dans votre cœur, si le roi n'y découvrira pas un sentiment qui l'offense. Il n'a d'autre défaut que celui d'être le plus jaloux des hommes. Vous résistez à votre passion avec plus de force que la reine ne combat la sienne, parce que vous êtes philosophe et parce que vous êtes Zadig. Astarté est femme ; elle laisse parler ses regards avec d'autant plus d'imprudence qu'elle ne se croit pas encore coupable. Malheureusement rassurée sur son innocence, elle néglige des dehors nécessaires. Je tremblerai pour elle tant qu'elle n'aura rien à se reprocher. Si vous étiez d'accord l'un et l'autre, vous sauriez tromper tous les yeux : une passion naissante et combattue éclate ; un amour satisfait sait se cacher. » Zadig frémit à la proposition de trahir le roi, son bienfaiteur ; et jamais il ne fut plus fidèle à son prince que quand il fut coupable envers lui d'un crime involontaire. Cependant la reine prononçait si souvent le nom de Zadig, son front se couvrait de tant de rougeur en le prononçant, elle était tantôt si animée, tantôt si interdite, quand elle lui parlait en présence du roi ; une rêverie si profonde s'emparait d'elle quand il était sorti, que le roi fut troublé. Il crut tout ce qu'il voyait et imagina tout ce qu'il ne voyait point. Il remarqua surtout que les babouches de sa femme étaient bleues, et que les babouches de Zadig étaient bleues, que les rubans de sa femme étaient jaunes et que le bonnet de Zadig était jaune : c'étaient là de terribles indices pour un prince délicat[1]. Les soupçons se tournèrent en certitude dans son esprit aigri.

Tous les esclaves des rois et des reines sont autant d'espions de leurs cœurs. On pénétra bientôt qu'Astarté était tendre, et que Moabdar était jaloux. L'Envieux engagea l'Envieuse à envoyer au roi sa jarretière, qui ressemblait à celle de la reine. Par surcroît de malheur, cette jarretière était bleue. Le monarque ne songea plus qu'à la manière de se venger. Il résolut une nuit d'empoisonner la reine, et de faire mourir Zadig par le cordeau, au point du jour. L'ordre en fut donné à un impitoyable eunuque[2], exécuteur de ses vengeances. Il y avait alors dans la chambre du roi un petit nain qui était muet[3], mais qui n'était pas sourd. On le souffrait toujours : il était témoin de ce qui se passait de plus secret, comme un animal domestique. Ce petit muet était très attaché à la reine et à Zadig. Il entendit, avec autant de surprise que d'horreur, donner l'ordre de leur mort. Mais comment faire pour prévenir cet ordre effroyable, qui allait s'exécuter dans peu d'heures ? Il ne savait pas écrire, mais il avait appris à peindre, et savait surtout faire ressembler. Il passa une partie de la nuit à crayonner ce qu'il voulait faire entendre à la reine. Son dessin représentait le roi agité de fureur, dans un coin du tableau, donnant des ordres à un eunuque ; un cordeau bleu et un vase sur la table, avec des jarretières bleues et des rubans jaunes ; la reine dans le milieu du tableau

1. *délicat* : susceptible, soucieux de son honneur.
2. *eunuque* : homme castré, gardien du palais et du harem.
3. *muet* : personnage conventionnel dans les contes orientaux.

expirante entre les bras de ses femmes, et Zadig étranglé par les pieds. L'horizon représentait un soleil levant, pour marquer que cette horrible exécution devait se faire aux premiers rayons de l'aurore. Dès qu'il eut fini cet ouvrage, il courut chez une femme d'Astarté, la réveilla, et lui fit entendre qu'il fallait dans l'instant même porter ce tableau à la reine.

Cependant, au milieu de la nuit, on vient frapper à la porte de Zadig ; on le réveille ; on lui donne un billet de la reine ; il doute si c'est un songe ; il ouvre la lettre d'une main tremblante. Quelle fut sa surprise et qui pourrait exprimer la consternation et le désespoir dont il fut accablé, quand il lut ces paroles : « *Fuyez, dans l'instant même, ou l'on va vous arracher la vie. Fuyez, Zadig, je vous l'ordonne au nom de notre amour et de mes rubans jaunes. Je n'étais point coupable ; mais je sens que je vais mourir criminelle.* »

Zadig eut à peine la force de parler. Il ordonna qu'on fît venir Cador, et, sans lui rien dire, il lui donna ce billet. Cador le força d'obéir et de prendre sur-le-champ la route de Memphis. « Si vous osez aller trouver la reine, lui dit-il, vous hâtez sa mort ; si vous parlez au roi, vous la perdez encore. Je me charge de sa destinée ; suivez la vôtre. Je répandrai le bruit que vous avez pris la route des Indes. Je viendrai bientôt vous trouver, et je vous apprendrai ce qui se sera passé à Babylone. »

Cador, dans le moment même, fit placer deux dromadaires des plus légers à la course vers une porte secrète du palais ; il fit monter Zadig, qu'il fallut porter et qui était près de rendre l'âme. Un seul domestique l'accompagna ; et bientôt Cador, plongé dans l'étonnement et dans la douleur, perdit son ami de vue.

Cet illustre fugitif, arrivé sur le bord d'une colline dont on voyait[1] Babylone, tourna la vue sur le palais de la reine, et s'évanouit ; il ne reprit ses sens que pour verser des larmes et pour souhaiter la mort. Enfin, après s'être occupé de la destinée déplorable de la plus

1. *dont on voyait* : d'où on voyait.

aimable des femmes et de la première reine du monde, il fit un moment de retour sur lui-même et s'écria : « Qu'est-ce donc que la vie humaine ? Ô vertu ! à quoi m'avez-vous servi ? Deux femmes m'ont indignement trompé, la troisième qui n'est point coupable, et qui est plus belle que les autres, va mourir ! Tout ce que j'ai fait de bien a toujours été pour moi une source de malédictions, et je n'ai été élevé au comble de la grandeur que pour tomber dans le plus horrible précipice de l'infortune. Si j'eusse été méchant comme tant d'autres, je serais heureux comme eux. » Accablé de ces réflexions funestes[1], les yeux chargés du voile de la douleur, la pâleur de la mort sur le visage, et l'âme abîmée dans l'excès d'un sombre désespoir, il continuait son voyage vers l'Égypte.

Marchand de comestibles dans le bazar de Shirâz : « Séance des amoureux » *(détail).*
Recueil de biographies de savants et de mystiques par le prince Timauride, sultan Haseïn Baikara (XVIe siècle).

1. *réflexions funestes* : qui apportent la mort ou qui y font penser (sens fort).

Questions

Compréhension

1. *La peinture de la passion amoureuse : relevez les formules qui expriment les effets ravageurs de l'amour sur Astarté et sur Zadig. Dans quelle mesure les réactions féminines (reprises encore au quatrième paragraphe), malgré des ressemblances apparentes, se différencient-elles de celles qui sont propres à la psychologie masculine ?*

2. *Le rôle de Cador : définissez sa manière d'analyser les êtres et les événements, au cours de ses deux interventions. Que pensez-vous du premier conseil qu'il donne à Zadig ? Pourquoi Zadig ne le suit-il pas ?*

3. *La jalousie de Moabdar : sur quels indices se fonde-t-elle d'abord ? Sont-ils les bons ? Que pensez-vous de la rapidité et de la violence de sa décision ?*

Écriture

4. *Ce chapitre, au début, emprunte beaucoup à l'esthétique du théâtre, celle des tragédies raciniennes (que Voltaire admirait et qu'il imita) et celle du théâtre larmoyant du* XVIIIe *siècle. Donnez-en des exemples, en vous aidant des notes, et en étant attentif au pathétique*.*

5. *Ensuite, c'est le romanesque sentimental qui prédomine. Relevez les traits dominants de cette parodie*, en observant en particulier : la situation elle-même des deux amoureux, leur langage silencieux, le rôle des comparses, le billet doux, la fuite précipitée, le suspense, etc. Comment la présence de l'auteur reste-t-elle perceptible ?*

6. *Voltaire s'inspire également du conte oriental : recensez quelques marques évidentes, notamment dans le dernier tiers du chapitre.*

Mise en images

7. *Refaites à votre manière le dessin du* « nain muet », *grâce auquel la reine comprend les menaces qui pèsent sur Zadig, à cause de la jalousie du roi (fin du cinquième paragraphe).*

Bilan

L'action

• Ce que nous savons

Zadig, dans ces quatre derniers chapitres, a connu une amplification de son expérience des « hauts et des bas », *puisqu'il a atteint le pouvoir quasi absolu et l'amour d'une reine. La chute est d'autant plus forte, provoquée par un motif ridicule et un hasard dérisoire (la concordance entre les couleurs de babouches et de rubans). Les événements semblent prendre de l'ampleur sans pour autant obéir à une logique mieux analysable. Mais l'intérêt de l'action s'est tourné vers la politique. Car ce n'est pas seulement le bonheur personnel de Zadig qui bascule. Avec lui, sont bouleversés le couple royal, la Cour et tout l'Empire babylonien, qui perd son bienfaiteur. Le lecteur a entrevu ce que pourrait être le bonheur collectif : une politique* « éclairée », *fondée sur la justice, la tolérance et la raison (VII). Il perçoit aussi le risque de faire dépendre d'un seul homme, fût-il vertueux, la civilisation entière. Si ce despote fait une faute ou s'il est victime de ses sentiments (comme peut l'être un roi influencé par une favorite : pensons à Louis XV), c'est tout le système qui est ébranlé. D'ailleurs, Zadig n'a pas changé les hommes. Il est à nouveau victime de l'envie, de la malveillance, de la jalousie. Le principe cyclique de l'éternel retour prédomine. Tout recommence sans cesse.*

• À quoi nous attendre ?

1. *Maintenant que nous avons suivi les divers échelons de la vie publique, il est probable que Zadig va connaître des expériences plus bizarres ou marginales, comme l'y prédispose aussi sa condition de fuyard. Qui rencontrera-t-il le plus vraisemblablement ?*

2. *De même, après avoir atteint les sommets, Zadig risque de plonger : quelle est la plus basse des conditions possibles, qui puisse attendre le héros ?*

Les personnages

• Ce que nous savons

Les questions de Zadig se font plus insistantes. Chaque épisode montre qu'il a conscience du bonheur et, en même temps, qu'il en ressent la fragilité. Voyez ses exclamations à la fin du chapitre V ; sa discussion avec le perroquet au début du chapitre VI ; son plaisir et son angoisse, à la fin du chapitre VII ; ses inquiétudes et sa chute dans le chapitre VIII, etc. Il cherche, vainement, des solutions externes et concrètes (l'action, la politique, la vertu) à un problème qui ne dépend pas du réel (le destin, la chaîne du malheur et du bonheur). Il voit bien d'ailleurs que lui-même a de la peine à rester maître de soi : l'amour qui le trouble et provoque sa chute prouve d'évidence que des forces irrationnelles gouvernent la nature humaine. S'il ne peut rien contre elles dans sa propre intimité, comment espérer y remédier chez autrui (face à l'Envieuse, aux intérêts pécuniaires, aux fanatiques) ? Au fond, chaque homme – même sans le vouloir – est l'ennemi de tous les autres et le jouet d'une destinée à rebondissements. La fuite en avant de Zadig n'est donc pas seulement motivée par la colère du roi. Elle illustre en réalité la condition humaine : nous sommes embarqués, ballottés sur l'océan du temps, et poussés vers un avenir – en qui il nous faut bien fonder des espérances, mais sur lequel nous n'avons pas de prise. L'optimisme, individuel et collectif, est aussi nécessaire (sinon à quoi bon et comment vivre ?) qu'illusoire (l'histoire est tragique, imprévisible en tout cas).

- **À quoi nous attendre ?**

1. *Puisque les expériences dans le monde réel sont insuffisantes pour comprendre le destin, il est probable que Zadig va devoir aborder le problème d'une manière plus théorique. Qui devra-t-il affronter, pour cela ? À quels types de débats va-t-il devoir participer ?*

2. *Si les destinées obéissent à un mouvement cyclique, comment se poursuivront les aventures de Zadig ? Suffit-il de changer de lieux ?*

CHAPITRE NEUVIÈME

La Femme battue

Zadig dirigeait sa route sur les étoiles. La constellation d'Orion et le brillant astre de Sirius[1] le guidaient vers le pôle de Canope[2]. Il admirait ces vastes globes de lumière qui ne paraissent que de faibles étincelles à nos yeux, tandis que la terre, qui n'est en effet[3] qu'un point imperceptible dans la nature, paraît à notre cupidité quelque chose de si grand et de si noble. Il se figurait alors les hommes tels qu'ils sont en effet, des insectes se dévorant les uns les autres sur un petit atome de boue. Cette image vraie semblait anéantir ses malheurs en lui retraçant le néant de son être et celui de Babylone. Son âme s'élançait jusque dans l'infini, et contemplait, détachée de ses sens, l'ordre immuable de l'univers. Mais lorsque ensuite, rendu à lui-même et rentrant dans son cœur, il pensait qu'Astarté était peut-être morte pour lui, l'univers disparaissait à ses yeux, et il ne voyait dans la nature entière qu'Astarté mourante et Zadig infortuné.

Comme il se livrait à ce flux et à ce reflux de philosophie sublime et de douleur accablante, il avançait vers les frontières de l'Égypte ; et déjà son domestique fidèle était dans la première bourgade, où il lui cherchait un logement. Zadig cependant[4] se promenait vers les jardins qui bordaient ce village. Il vit, non loin du grand chemin, une femme éplorée qui appelait le ciel et la terre à son secours, et un homme furieux qui la suivait. Elle était déjà atteinte par lui, elle embrassait ses genoux. Cet homme l'accablait de coups et de

1. *Sirius* : la plus brillante des étoiles.
2. *Canope* : étoile de l'hémisphère austral, indiquant le plein sud par rapport à la position de Zadig.
3. *en effet* : en fait, en réalité.
4. *cependant* : pendant ce temps ; la possibilité de couvrir une telle distance en une nuit n'a évidemment aucune vraisemblance, mais qu'importe !

reproches. Il jugea, à la violence de l'Égyptien et aux pardons réitérés que lui demandait la dame, que l'un était jaloux et l'autre une infidèle ; mais, quand il eut considéré cette femme, qui était d'une beauté touchante, et qui même ressemblait un peu à la malheureuse Astarté, il se sentit pénétré de compassion pour elle et d'horreur pour l'Égyptien. « Secourez-moi, s'écria-t-elle à Zadig avec des sanglots ; tirez-moi des mains du plus barbare des hommes, sauvez-moi la vie. »

À ces cris, Zadig courut se jeter entre elle et ce barbare. Il avait quelque connaissance de la langue égyptienne. Il lui dit en cette langue : « Si vous avez quelque humanité[1], je vous conjure de respecter la beauté et la faiblesse. Pouvez-vous outrager ainsi un chef-d'œuvre de la nature, qui est à vos pieds, et qui n'a pour sa défense que des larmes ? – Ah ! ah ! lui dit cet emporté, tu l'aimes donc aussi ; et c'est de toi qu'il faut que je me venge. » En disant ces paroles, il laisse la dame qu'il tenait d'une main par les cheveux ; et, prenant sa lance, il veut en percer l'étranger. Celui-ci, qui était de sang-froid, évita aisément le coup d'un furieux. Il se saisit de la lance près du fer dont elle est armée. L'un veut la retirer, l'autre l'arracher. Elle se brise entre leurs mains. L'Égyptien tire son épée ; Zadig s'arme de la sienne. Ils s'attaquent l'un l'autre. Celui-ci porte cent coups précipités ; celui-là les pare avec adresse. La dame, assise sur un gazon, rajuste sa coiffure et les regarde. L'Égyptien était plus robuste que son adversaire ; Zadig était plus adroit. Celui-ci se battait en homme dont la tête conduisait le bras, et celui-là comme un emporté, dont une colère aveugle guidait les mouvements au hasard. Zadig passe à lui et le désarme ; et, tandis que l'Égyptien, devenu plus furieux, veut se jeter sur lui, il le saisit, le presse, le fait tomber en lui tenant l'épée sur la poitrine ; il lui offre de lui donner la vie. L'Égyptien, hors de lui, tire son poignard ; il en blesse Zadig dans le temps même que le vainqueur lui pardonnait. Zadig, indigné, lui plonge son

1. *quelque humanité* : quelques sentiments d'humanité.

épée dans le sein. L'Égyptien jette un cri horrible, et meurt en se débattant.

Alors Zadig s'avança vers la dame, et lui dit d'une voix soumise : « Il m'a forcé de le tuer : je vous ai vengée ; vous êtes délivrée de l'homme le plus violent que j'aie jamais vu. Que voulez-vous maintenant de moi, Madame ? – Que tu meures, scélérat, lui répondit-elle, que tu meures ; tu as tué mon amant ; je voudrais pouvoir déchirer ton cœur[1]. – En vérité, Madame, vous aviez là un étrange homme pour amant, lui répondit Zadig ; il vous battait de toutes ses forces, et il voulait m'arracher la vie parce que vous m'avez conjuré de vous secourir. – Je voudrais qu'il me battît encore, reprit la dame en poussant des cris. Je le méritais bien, je lui avais donné de la jalousie. Plût au Ciel qu'il me battît, et que tu fusses à sa place ! » Zadig, plus surpris et plus en colère qu'il ne l'avait été de sa vie, lui dit : « Madame, toute belle que vous êtes, vous mériteriez que je vous battisse à mon tour, tant vous êtes extravagante ; mais je n'en prendrai pas la peine. » Là-dessus, il remonta sur son chameau, et avança vers le bourg. À peine avait-il fait quelques pas qu'il se retourne au bruit que faisaient quatre courriers de Babylone. Ils venaient à toute bride. L'un d'eux, en voyant cette femme, s'écria : « C'est elle-même ; elle ressemble au portrait qu'on nous en a fait. » Ils ne s'embarrassèrent pas du mort, et se saisirent incontinent de la dame. Elle ne cessait de crier à Zadig : « Secourez-moi encore une fois, étranger généreux ! je vous demande pardon de m'être plainte de vous. Secourez-moi, je suis à vous jusqu'au tombeau. » L'envie avait passé à Zadig de se battre désormais pour elle. « À d'autres ! répondit-il ; vous ne m'y attraperez plus. »

D'ailleurs il était blessé, son sang coulait, il avait besoin de secours ; et la vue des quatre Babyloniens, probablement envoyés par le roi Moabdar, le remplissait d'inquiétude. Il s'avance en hâte vers le village n'imagi-

1. *déchirer ton cœur* : probable parodie d'Hermione, dans l'*Andromaque* de Racine (acte V, scène 8).

nant pas pourquoi quatre courriers de Babylone venaient prendre cette Égyptienne, mais encore plus étonné du caractère de cette dame.

Illustration pour Zadig, *gravure de Gaujeau, 1893.*
Paris, Bibliothèque Nationale.

Questions

Compréhension

1. *La méditation de Zadig, dans le premier paragraphe : analysez le mouvement des idées exprimées. Comment qualifier l'état d'esprit que reflètent de telles pensées ?*

2. *Ce chapitre constitue le milieu de l'œuvre et un moment de rotation : de quelle façon illustre-t-il la philosophie générale du conte ? Jusqu'à quel point a-t-il modifié l'optique de Zadig sur les choses de ce monde ?*

3. *Pourquoi passe-t-on directement de la contemplation lyrique au surgissement de la violence ? Observez les réactions de Zadig et élucidez l'intention du conteur.*

4. *L'histoire de la femme battue : quels liens thématiques unissent cet épisode aux précédents chapitres concernant les femmes ? L'image voltairienne de la femme se précise encore : pourquoi cette insistance ?*

5. *Cette dernière aventure modifie le comportement psychologique de Zadig : en quoi nous semble-t-il différent, dans sa violence comme dans ses propos, de la conclusion ?*

Écriture / Réécriture

6. *Le lyrisme* de la méditation initiale est sans doute parodique : vous trouverez chez Montaigne, chez Pascal ou chez des contemporains de Voltaire (comme Fontenelle), des passages de cet ordre. Relevez du moins les termes qui ne vous paraissent pas habituels dans le lexique et dans l'esprit voltairiens.*

7. *Le face à face avec l'Égyptien est une parodie des romans d'aventures. Montrez-le, en observant le rythme des phrases et en étudiant notamment la description manichéenne des comportements, des réactions physiques, de la colère, de la manière dont le héros est finalement conduit à tuer.*

8. « C'est elle-même ; elle ressemble au portrait qu'on nous en a fait » *: reconstituez en quelques lignes la description qui avait dû être donnée aux* « quatre courriers de Babylone ». *Elle doit pouvoir correspondre aussi bien à Astarté qu'à* « la femme battue », *Missouf.*

CHAPITRE DIXIÈME

L'ESCLAVAGE

Comme il entrait dans la bourgade égyptienne, il se vit entouré par le peuple. Chacun criait : « Voilà celui qui a enlevé la belle Missouf, et qui vient d'assassiner Clétofis ! – Messieurs, dit-il, Dieu me préserve d'enlever jamais votre belle Missouf ! elle est trop capricieuse, et, à l'égard de Clétofis, je ne l'ai point assassiné, je me suis défendu seulement contre lui. Il voulait me tuer, parce que je lui avais demandé très humblement grâce pour la belle Missouf, qu'il battait impitoyablement. Je suis un étranger qui vient chercher un asile dans l'Égypte ; et il n'y a pas d'apparence qu'en venant demander votre protection, j'aie commencé par enlever une femme, et par assassiner un homme. »

Les Égyptiens étaient alors[1] justes et humains. Le peuple conduisit Zadig à la maison de ville. On commença par le faire panser de sa blessure, et ensuite on l'interrogea, lui et son domestique séparément, pour savoir la vérité. On reconnut que Zadig n'était point un assassin ; mais il était coupable du sang d'un homme ; la loi le condamnait à être esclave. On vendit au profit de la bourgade ses deux chameaux ; on distribua aux habitants tout l'or qu'il avait apporté ; sa personne fut exposée en vente dans la place publique, ainsi que celle de son compagnon de voyage. Un marchand arabe, nommé Sétoc[2], y mit l'enchère ; mais le valet, plus propre à la fatigue[3], fut vendu bien plus chèrement que le maître. On ne faisait pas de comparaison entre ces deux hommes. Zadig fut donc esclave subordonné à son

1. *les Égyptiens étaient alors* : c'est dire qu'ils ont changé par la suite, d'après Voltaire qui les croit superstitieux et fanatiques (cf. chap. XII).

2. *Sétoc* : déformation de *Sadok*, prénom sémitique répandu, signifiant : « le véridique ».

3. *plus propre à la fatigue* : plus propre à supporter la fatigue.

valet : on les attacha ensemble avec une chaîne qu'on leur passa aux pieds, et en cet état ils suivirent le marchand arabe dans sa maison. Zadig, en chemin, consolait son domestique et l'exhortait à la patience ; mais, selon sa coutume, il faisait des réflexions sur la vie humaine. « Je vois, lui disait-il, que les malheurs de ma destinée se répandent sur la tienne. Tout m'a tourné jusqu'ici d'une façon bien étrange. J'ai été condamné à l'amende pour avoir vu passer une chienne[1] ; j'ai pensé[2] être empalé pour un griffon ; j'ai été envoyé au supplice parce que j'avais fait des vers à la louange du roi ; j'ai été sur le point d'être étranglé parce que la reine avait des rubans jaunes ; et me voici esclave avec toi parce qu'un brutal a battu sa maîtresse. Allons, ne perdons point courage ; tout ceci finira peut-être ; il faut bien que les marchands arabes aient des esclaves ; et pourquoi ne le serais-je pas comme un autre, puisque je suis un homme comme un autre ? Ce marchand ne sera pas impitoyable ; il faut qu'il traite bien ses esclaves, s'il en veut tirer des services. » Il parlait ainsi, et, dans le fond de son cœur, il était occupé du sort de la reine de Babylone.

Sétoc, le marchand, partit deux jours après pour l'Arabie déserte[3], avec ses esclaves et ses chameaux. Sa tribu habitait vers le désert d'Horeb[4]. Le chemin fut long et pénible. Sétoc, dans la route, faisait bien plus de cas du valet que du maître, parce que le premier chargeait bien mieux les chameaux ; et toutes les petites distinctions furent pour lui.

Un chameau mourut à deux journées d'Horeb ; on répartit sa charge sur le dos de chacun des serviteurs ; Zadig en eut sa part. Sétoc se mit à rire en voyant tous ses esclaves marcher courbés. Zadig prit la liberté de lui en expliquer la raison, et lui apprit les lois de l'équilibre. Le marchand, étonné, commença à le regarder d'un autre œil. Zadig, voyant qu'il avait excité sa curiosité, la

1. *chienne* : en réalité, Zadig a été condamné sans avoir vu la chienne (cf. chap. III).
2. *j'ai pensé* : j'ai failli.
3. *Arabie déserte* : le désert du nord de l'Arabie, soit l'actuelle Syrie.
4. *Horeb* : massif montagneux du Sinaï.

redoubla en lui apprenant beaucoup de choses qui n'étaient point étrangères à son commerce ; les pesanteurs spécifiques des métaux et des denrées[1] sous un volume égal ; les propriétés de plusieurs animaux utiles ; le moyen de rendre tels ceux qui ne l'étaient pas ; enfin il lui parut un sage. Sétoc lui donna la préférence sur son camarade qu'il avait tant estimé. Il le traita bien, et n'eut pas sujet de s'en repentir.

Arrivé dans sa tribu, Sétoc commença par redemander cinq cents onces d'argent à un Hébreu auquel il les avait prêtées en présence de deux témoins ; mais ces deux témoins étaient morts, et l'Hébreu, ne pouvant être convaincu[2], s'appropriait l'argent du marchand, en remerciant Dieu de ce qu'il lui avait donné le moyen de tromper un Arabe. Sétoc confia sa peine à Zadig, qui était devenu son conseil[3]. « En quel endroit, demanda Zadig, prêtâtes-vous vos cinq cents onces à cet infidèle ? – Sur une large pierre, répondit le marchand, qui est auprès du mont Horeb. – Quel est le caractère de votre débiteur ? dit Zadig. – Celui d'un fripon, reprit Sétoc. – Mais je vous demande si c'est un homme vif ou flegmatique, avisé ou imprudent. – C'est de tous les mauvais payeurs, dit Sétoc, le plus vif que je connaisse. – Eh bien, insista Zadig, permettez que je plaide votre cause devant le juge. » En effet, il cita l'Hébreu au tribunal, et il parla ainsi au juge : « Oreiller du trône d'équité, je viens redemander à cet homme, au nom de mon maître, cinq cents onces d'argent, qu'il ne veut pas rendre. – Avez-vous des témoins ? dit le juge. – Non, ils sont morts ; mais il reste une large pierre sur laquelle l'argent fut compté ; et, s'il plaît à Votre Grandeur d'ordonner qu'on aille chercher la pierre, j'espère qu'elle portera témoignage ; nous resterons ici, l'Hébreu et moi, en attendant que la pierre vienne ; je l'enverrai chercher aux dépens

1. *denrées* : des marchandises quelconques.
2. *convaincu* : reconnu coupable.
3. *son conseil* : son avocat, son conseiller.

de Sétoc, mon maître. – Très volontiers. » répondit le juge. Et il se mit à expédier d'autres affaires.

À la fin de l'audience : « Eh bien, dit-il à Zadig, votre pierre n'est pas encore venue ? » L'Hébreu, en riant, répondit : « Votre Grandeur resterait ici jusqu'à demain que la pierre ne serait pas encore arrivée ; elle est à plus de six milles[1] d'ici, et il faudrait quinze hommes pour la remuer. – Eh bien, s'écria Zadig, je vous avais bien dit que la pierre porterait témoignage ; puisque cet homme sait où elle est, il avoue donc que c'est sur elle que l'argent fut compté. » L'Hébreu, déconcerté, fut bientôt contraint de tout avouer. Le juge ordonna qu'il serait lié à la pierre, sans boire ni manger, jusqu'à ce qu'il eût rendu les cinq cents onces, qui furent bientôt payées.

L'esclave Zadig et la pierre furent en grande recommandation de l'Arabie.

Zadig par la compagnie Renaud Barrault,
mise en scène de J.-L. Barrault, théâtre d'Orsay, 1978.

1. *six milles* : le *mille* représentait environ 1 800 mètres.

Questions

Compréhension

1. *Que pensez-vous de la justice des Égyptiens ? Quels principes la guident ?*

2. *Une nouvelle fois, Zadig récapitule les aléas de sa vie. Comment définiriez-vous la manière dont il prend les choses ? Quel sens donne-t-il à sa destinée ? Pour saisir sa maturation psychologique, vous pouvez comparer avec son discours devant la justice de Babylone, au chapitre III.*

3. *Zadig esclave : ce renversement de situation était prévisible, car il est nécessaire à l'évolution philosophique du héros. Lui-même en a conscience. Quel est l'intérêt de sa nouvelle condition, sur le plan des idées et sur le plan de la narration ? Pour Zadig, est-ce une fin ou la possibilité d'un recommencement ? Si le destin provoque la chute quand on est sur les sommets, qu'en sera-t-il lorsqu'on est au plus bas ?*

4. *Zadig estimé par son* « propriétaire » *: quelles sont les qualités du héros qui attirent sur lui la faveur de Sétoc ? Le destin a-t-il changé l'individu Zadig ? et, d'ailleurs, de Sétoc et de Zadig, qui est le* « maître » *?*

Écriture

5. *La typisation du personnage de l'Hébreu : relevez les stéréotypes.*

6. *Étudiez les recours à la couleur locale, en étant attentif au lexique, au style, aux situations et aux personnages.*

Mise en scène

7. *Essayez de monter sous forme d'une scène théâtrale les deux derniers paragraphes. Vous placerez les personnages, vous définirez leur costume, vous indiquerez les didascalies* nécessaires, et vous donnerez des indications utiles pour la mise en scène et pour le jeu des acteurs.*

CHAPITRE ONZIÈME

LE BÛCHER

Sétoc, enchanté, fit de son esclave son ami intime. Il ne pouvait pas plus se passer de lui qu'avait fait[1] le roi de Babylone ; et Zadig fut heureux que Sétoc n'eût point de femme. Il découvrait dans son maître un naturel porté au bien, beaucoup de droiture et de bon sens. Il fut fâché de voir qu'il adorait l'armée céleste[2], c'est-à-dire le soleil, la lune et les étoiles, selon l'ancien usage d'Arabie. Il lui en parlait quelquefois avec beaucoup de discrétion. Enfin, il lui dit que c'étaient des corps comme les autres, qui ne méritaient pas plus son hommage qu'un arbre ou un rocher. « Mais, disait Sétoc, ce sont des êtres éternels dont nous tirons tous nos avantages ; ils animent la nature ; ils règlent les saisons ; ils sont d'ailleurs si loin de nous qu'on ne peut pas s'empêcher de les révérer. Vous recevez plus d'avantages, répondit Zadig, des eaux de la mer Rouge, qui portent vos marchandises aux Indes. Pourquoi ne serait-elle pas aussi ancienne que vos étoiles ? Et, si vous adorez ce qui est éloigné de vous, vous devez adorer la terre des Gangarides[3] qui est aux extrémités du monde. – Non, disait Sétoc, les étoiles sont trop brillantes pour que je ne les adore pas. » Le soir venu, Zadig alluma un grand nombre de flambeaux dans la tente où il devait souper avec Sétoc ; et, dès que son patron parut, il se jeta à genoux devant ces cires[4] allumées, et leur dit : « Éternelles et brillantes clartés, soyez-moi toujours propices. » Ayant proféré ces paroles, il se mit à table sans regarder Sétoc. « Que faites-vous donc ? lui dit Sétoc étonné. – Je fais comme vous, répon-

---

1. *fait* : usage classique du verbe *faire*, pour ne pas répéter un verbe déjà exprimé.
2. *armée céleste* : le culte des astres et des cieux se nomme *sabisme*, car *Sabba*, en arabe, signifie *armée céleste* (*Sabbaoth* en hébreu).
3. *Gangarides* : ceux qui habitent à l'est du Gange.
4. *cires* : bougies.

dit Zadig ; j'adore ces chandelles, et je néglige leur maître et le mien. » Sétoc comprit le sens profond de cet apologue. La sagesse de son esclave entra dans son âme ; il ne prodigua plus son encens aux créatures, et adora l'être éternel qui les a faites.

Il y avait alors dans l'Arabie une coutume affreuse, venue originairement de Scythie[1], et qui, s'étant établie dans les Indes par le crédit des brahmanes[2], menaçait d'envahir tout l'Orient. Lorsqu'un homme marié était mort et que sa femme bien-aimée voulait être sainte, elle se brûlait en public sur le corps de son mari[3]. C'etait une fête solennelle qui s'appelait le bûcher du veuvage. La tribu dans laquelle il y avait eu le plus de femmes brûlées était la plus considérée. Un Arabe de la tribu de Sétoc étant mort, sa veuve, nommée Almona, qui était fort dévote, fit savoir le jour et l'heure où elle se jetterait dans le feu au son des tambours et des trompettes. Zadig remontra à Sétoc combien cette horrible coutume était contraire au bien du genre humain ; qu'on laissait brûler tous les jours de jeunes veuves qui pouvaient donner des enfants à l'État, ou du moins élever les leurs ; et il le fit convenir qu'il fallait, si on pouvait, abolir un usage si barbare. Sétoc répondit : « Il y a plus de mille ans que les femmes sont en possession de[4] se brûler. Qui de nous osera changer une loi que le temps a consacrée ? Y a-t-il rien de plus respectable qu'un ancien abus ? – La raison est plus ancienne, reprit Zadig. Parlez aux chefs des tribus et je vais trouver la jeune veuve. »

Il se fit présenter à elle ; et, après s'être insinué dans son esprit[5] par des louanges sur sa beauté, après lui avoir dit combien c'était dommage de mettre au feu tant de charmes, il la loua encore sur sa constance et sur son

1. *Scythie* : les Scythes vivaient au nord de l'actuelle mer Noire et avaient coutume, dit-on, d'enfermer l'épouse vivante dans le tombeau du mari.

2. *brahmanes* : hommes appartenant à la caste sacerdotale, caste la plus élevée chez les Hindous – du nom du dieu *Brahma*.

3. *mari* : Montesquieu évoque, dans les *Lettres persanes* (CXXV), cette pratique, rapportée également par des récits de voyageurs comme Bernier ou Tavernier.

4. *sont en possession de* : ont pris l'habitude de.

5. *après s'être insinué dans son esprit* : après avoir gagné sa confiance.

courage. « Vous aimiez donc prodigieusement votre mari ? lui dit-il. – Moi ? Point du tout, répondit la dame arabe. C'était un brutal, un jaloux, un homme insupportable ; mais je suis fermement résolue de me jeter sur son bûcher. – Il faut, dit Zadig, qu'il y ait apparemment un plaisir bien délicieux à être brûlée vive. – Ah ! cela fait frémir la nature, dit la dame ; mais il faut en passer par là. Je suis dévote ; je serais perdue de réputation, et tout le monde se moquerait de moi, si je ne me brûlais pas. » Zadig, l'ayant fait convenir qu'elle se brûlait pour les autres, et par vanité, lui parla longtemps d'une manière à lui faire aimer un peu la vie, et parvint même à lui inspirer quelque bienveillance pour celui qui lui parlait. « Que feriez-vous enfin, lui dit-il, si la vanité de vous brûler ne vous tenait pas ? – Hélas ! dit la dame, je crois que je vous prierais de m'épouser. »

Zadig était trop rempli de l'idée d'Astarté pour ne pas éluder[1] cette déclaration ; mais il alla dans l'instant trouver les chefs des tribus, leur dit ce qui s'était passé, et leur conseilla de faire une loi par laquelle il ne serait permis à une veuve de se brûler qu'après avoir entretenu un jeune homme, tête à tête, pendant une heure entière. Depuis ce temps, aucune dame ne se brûla en Arabie. On eut au seul Zadig l'obligation d'avoir détruit en un jour une coutume si cruelle, qui durait depuis tant de siècles. Il était donc le bienfaiteur de l'Arabie.

1. *éluder* : éviter habilement.

Questions

Compréhension

1. *L'*« apologue » *(fable à visée morale) du premier paragraphe permet de définir et d'illustrer ce qu'est le déisme*. Expliquez le sens et les raisons de cette forme de croyance.*

2. *Par quelle méthode Zadig arrive-t-il à convaincre Sétoc ? Est-elle bien choisie pour traiter de métaphysique ?*

3. *L'histoire du* « bûcher de veuvage » *: que pensez-vous de cette coutume ? Quelle peut en être la justification, d'après les arguments de Sétoc et de la jeune veuve arabe ? Précisez le sens de la notion de* « vanité ».

4. *Sur quel raisonnement et sur quels sentiments Zadig se fonde-t-il pour faire changer les opinions face à cette coutume ? Une certaine constance intellectuelle du personnage de Zadig se dessine : précisez-la.*

Écriture / Réécriture

5. *Le thème du bûcher est habituel dans la critique des fausses dévotions. Retrouvez-en des exemples dans* Zadig, *et montrez la présence de Voltaire dans ce récit.*

6. *Quel est l'intérêt, sur le plan de la narration, du rappel régulier d'Astarté ?*

7. *À la manière de Zadig avec ses bougies, proposez à votre tour un* « apologue » *pour illustrer l'idée qu'il faut adorer non les créatures mais le Créateur. Le chapitre XII pourra vous y aider.*

CHAPITRE DOUZIÈME

LE SOUPER

Sétoc, qui ne pouvait se séparer de cet homme en qui habitait la sagesse[1], le mena à la grande foire de Balzora[2], où devaient se rendre les plus grands négociants de la terre habitable. Ce fut pour Zadig une consolation sensible de voir tant d'hommes de diverses contrées réunis dans la même place. Il lui paraissait que l'univers était une grande famille qui se rassemblait à Balzora. Il se trouva à table, dès le second jour, avec un Égyptien, un Indien gangaride[3], un habitant du Cathay[4], un Grec, un Celte, et plusieurs autres étrangers qui, dans leurs fréquents voyages vers le golfe arabique[5], avaient appris assez d'arabe pour se faire entendre. L'Égyptien paraissait fort en colère. « Quel abominable pays que Balzora ! disait-il ; on m'y refuse mille onces d'or[6] sur le meilleur effet du monde. – Comment donc ! dit Sétoc ; sur quel effet a-t-on refusé cette somme ? – Sur le corps de ma tante, répondit l'Égyptien ; c'était la plus brave femme d'Égypte. Elle m'accompagnait toujours ; elle est morte en chemin : j'en ai fait une des plus belles momies que nous ayons ; et je trouverais dans mon pays tout ce que je voulais en la mettant en gage. Il est bien étrange qu'on ne veuille pas seulement me donner ici mille onces d'or sur un effet si solide[7]. » Tout en se courrouçant, il était prêt de[8] manger d'une excellente poule bouillie, quand

---

1. *sagesse* : formule biblique.
2. *Balzora* : ou *Bassora*, port sur le golfe Persique, à l'embouchure du Tigre.
3. *gangaride* : originaire du Bengale, à l'est du Gange.
4. *Cathay* : nom ancien de la Chine.
5. *golfe arabique* : la mer Rouge.
6. *mille onces d'or* : une once valait 30,59 grammes d'or.
7. *un effet si solide* : autrement dit, l'Égyptien veut l'hypothéquer, la laisser en gage.
8. *il était prêt de* : il s'apprêtait à (confusion de construction à propos du double sens de *prêt* : *proche* et *disposé*).

l'Indien, le prenant par la main, s'écria avec douleur : « Ah ! qu'allez-vous faire ? – Manger de cette poule, dit l'homme à la momie. – Gardez-vous-en bien, dit le Gangaride[1]. Il se pourrait faire que l'âme de la défunte fût passée dans le corps de cette poule, et vous ne voudriez pas vous exposer à manger votre tante. Faire cuire des poules, c'est outrager manifestement la nature. – Que voulez-vous dire avec votre nature et vos poules ? reprit le colérique Égyptien ; nous adorons un bœuf[2], et nous en mangeons bien. – Vous adorez un bœuf ! est-ce possible ? dit l'homme du Gange. – Il n'y a rien de si possible, repartit l'autre ; il y a cent trente-cinq mille ans que nous en usons ainsi ; et personne parmi nous n'y trouve à redire. – Ah ! cent trente-cinq mille ans ! dit l'Indien, ce compte est un peu exagéré ; il n'y en a que quatre-vingt mille que l'Inde est peuplée, et assurément nous sommes vos anciens ; et Brahma nous avait défendu de manger des bœufs avant que vous vous fussiez avisés de les mettre sur les autels et à la broche. – Voilà un plaisant animal que votre Brahma, pour le comparer à Apis ! dit l'Égyptien ; qu'a donc fait votre Brahma de si beau ? » Le brahmin répondit : « C'est lui qui a appris aux hommes à lire et à écrire, et à qui toute la terre doit le jeu des échecs[3]. – Vous vous trompez, dit un Chaldéen qui était auprès de lui ; c'est le poisson Oannès[4] à qui on doit de si grands bienfaits, et il est juste de ne rendre qu'à lui ses hommages. Tout le monde vous dira que c'était un être divin, qu'il avait la queue dorée, avec une belle tête d'homme, et qu'il sortait de l'eau pour venir prêcher à terre trois heures par jour. Il eut plusieurs enfants, qui furent rois, comme chacun sait. J'ai son portrait sur moi, que je révère comme je le dois. On peut manger du bœuf

1. *Gangaride* : la religion brahmanique est végétarienne et croit en la réincarnation des âmes.
2. *bœuf* : le bœuf Apis.
3. *jeu des échecs* : on croyait au XVIIIe siècle que l'invention du jeu d'échecs revenait aux Hindous.
4. *Oannès* : dieu chaldéen, mi-homme mi-poisson, qui serait sorti de la mer Rouge pour enseigner les hommes.

tant qu'on veut ; mais c'est assurément une très grande impiété de faire cuire du poisson ; d'ailleurs vous êtes tous deux d'une origine trop peu noble et trop récente pour me rien disputer[1]. La nation égyptienne ne compte que cent trente-cinq mille ans, et les Indiens ne se vantent que de quatre-vingt mille, tandis que nous avons des almanachs[2] de quatre mille siècles. Croyez-moi, renoncez à vos folies, et je vous donnerai à chacun un beau portrait d'Oannès. »

L'homme de Cambalu[3], prenant la parole, dit : « Je respecte fort les Égyptiens, les Chaldéens, les Grecs, les Celtes, Brahma, le bœuf Apis, le beau poisson Oannès ; mais peut-être que le Li ou le Tien[4], comme on voudra l'appeler, vaut bien les bœufs et les poissons. Je ne dirai rien de mon pays ; il est aussi grand que la terre d'Égypte, la Chaldée et les Indes ensemble. Je ne dispute pas d'antiquité, parce qu'il suffit d'être heureux, et que c'est fort peu de chose d'être ancien ; mais, s'il faut parler d'almanachs, je dirais que toute l'Asie prend les nôtres, et que nous en avions de fort bons avant qu'on sût l'arithmétique en Chaldée.

– Vous êtes de grands ignorants tous tant que vous êtes, s'écria le Grec ; est-ce que vous ne savez pas que le Chaos[5] est le père de tout, et que la forme et la matière ont mis le monde dans l'état où il est ? » Ce Grec parla longtemps ; mais il fut enfin interrompu par le Celte[6], qui, ayant beaucoup bu pendant qu'on disputait, se crut alors plus savant que tous les autres, et dit en jurant qu'il n'y avait que Teutah[7] et le gui de chêne[8] qui valussent la

1. *pour me rien disputer* : pour prétendre l'emporter sur moi.
2. *almanachs* : des calendriers.
3. *Cambalu* : de Pékin.
4. *le Li ou le Tien* : « *Mots chinois qui signifient proprement : Li, la lumière naturelle ; et Tien, le ciel ; et qui signifient aussi Dieu* » (Note de Voltaire).
5. *Chaos* : état de confusion où se trouvaient les éléments avant la création du monde, selon la cosmogonie des Grecs.
6. *Celte* : c'est-à-dire notre ancêtre, le Gaulois.
7. *Teutah* : un dieu gaulois, assimilé à Mercure dans la période gallo-romaine ; aux origines, il semble qu'on lui offrait des sacrifices humains.
8. *gui de chêne* : le culte du gui est essentiel dans les rites druidiques.

peine qu'on en parlât ; que, pour lui, il avait toujours du gui dans sa poche ; que les Scythes[1], ses ancêtres, étaient les seuls gens de bien qui eussent jamais été au monde ; qu'ils avaient, à la vérité, quelquefois mangé des hommes, mais que cela n'empêchait pas qu'on ne dût avoir beaucoup de respect pour sa nation ; et qu'enfin, si quelqu'un parlait mal de Teutah, il lui apprendrait à vivre[2]. La querelle s'échauffa pour lors, et Sétoc vit le moment où la table allait être ensanglantée. Zadig, qui avait gardé le silence pendant toute la dispute, se leva enfin : il s'adressa d'abord au Celte, comme au plus furieux ; il lui dit qu'il avait raison, et lui demanda du gui ; il loua le Grec sur son éloquence, et adoucit tous les esprits échauffés. Il ne dit que très peu de chose à l'homme du Cathay, parce qu'il avait été le plus raisonnable de tous. Ensuite il leur dit : « Mes amis, vous alliez vous quereller pour rien, car vous êtes du même avis. » À ce mot, ils se récrièrent tous. « N'est-il pas vrai, dit-il au Celte, que vous n'adorez pas ce gui, mais celui qui a fait le gui et le chêne ? – Assurément, répondit le Celte. – Et vous, monsieur l'Égyptien, vous révérez apparemment dans un certain bœuf celui qui vous a donné les bœufs ? – Oui, dit l'Égyptien. – Le poisson Oannès, continua-t-il, doit céder à celui qui a fait la mer et les poissons. – D'accord, dit le Chaldéen. – L'Indien, ajouta-t-il, et le Cathayen reconnaissent comme vous un premier principe ; je n'ai pas trop bien compris les choses admirables que le Grec a dites, mais je suis sûr qu'il admet aussi un être supérieur, de qui la forme et la matière dépendent. » Le Grec, qu'on admirait, dit que Zadig avait très bien pris sa pensée. « Vous êtes donc tous de même avis, répliqua Zadig, et il n'y a pas là de quoi se quereller. » Tout le monde l'embrassa. Sétoc, après avoir vendu fort cher ses denrées, reconduisit son ami Zadig dans sa

1. *Scythes* : anciens habitants du nord de la mer Noire (cf. chap. XI).
2. *vivre* : Voltaire se moque de l'historien Rollin qui faisait l'éloge de l'amabilité des Scythes dans son *Histoire ancienne des Égyptiens* (1740).

tribu. Zadig apprit en arrivant qu'on lui avait fait son procès en son absence et qu'il allait être brûlé à petit feu.

Les douleurs, *gravure de Monet et Deny (1778), éd. Bouillon. Paris, Bibliothèque Nationale.*

Questions

Compréhension

1. *La vraisemblance de cette rencontre* « interculturelle » *n'est pas grande. Mais le choix d'un* « banquet » *est conforme à une tradition littéraire. Il faut d'emblée percevoir l'idée essentielle poursuivie par l'auteur : quelle est-elle ? Comment a-t-elle été préparée dans le chapitre précédent ?*

2. *L'Égyptien, l'Indien, le Chaldéen, le Chinois, le Grec, le Celte : précisez le tempérament psychologique qui caractérise et qui distingue chacun d'entre eux, en observant leur ton et leurs attitudes.*

3. *L'argumentaire : sur quels postulats semblables chaque intervention repose-t-elle ? Sur quoi se fonde la certitude (et donc l'intolérance), d'après cette dispute ?*

4. *Quelle religion n'est pas ici représentée ? Peut-on saisir une intention de Voltaire dans cette absence ?*

5. *Le discours de Zadig : étudiez sa méthode pour se faire entendre et le plan de sa démonstration.*

6. *Le déisme* est-il vraiment une religion ? Quelles valeurs, sur le plan humain, implique-t-il ?*

Écriture

7. *Voltaire utilise ici un humour* destructeur. Relevez, par exemple : les effets burlesques, les procédés visant à discréditer les intervenants et leurs pratiques religieuses, les raisonnements absurdes, les typisations, etc.*

8. *Appréciez, pour la démonstration et pour la narration, la chute du chapitre :* « Tout le monde l'embrassa [...] qu'il allait être brûlé à petit feu ».

CHAPITRE TREIZIÈME

LES RENDEZ-VOUS

Pendant son voyage à Balzora les prêtres des étoiles avaient résolu de le punir. Les pierreries et les ornements des jeunes veuves qu'ils envoyaient au bûcher leur appartenaient de droit ; c'était bien le moins qu'ils fissent brûler Zadig pour le mauvais tour qu'il leur avait joué. Ils accusèrent donc Zadig d'avoir des sentiments erronés sur l'armée céleste[1] ; ils déposèrent contre lui, et jurèrent qu'ils lui avaient entendu dire que les étoiles ne se couchaient pas dans la mer. Ce blasphème effroyable fit frémir les juges ; ils furent prêts à déchirer leurs vêtements quand ils ouïrent[2] ces paroles impies et ils l'auraient fait sans doute, si Zadig avait eu de quoi les payer. Mais, dans l'excès de leur douleur, ils se contentèrent de le condamner à être brûlé à petit feu. Sétoc, désespéré, employa en vain son crédit pour sauver son ami ; il fut bientôt obligé de se taire. La jeune veuve Almona, qui avait pris beaucoup de goût à la vie et qui en avait obligation à Zadig, résolut de le tirer du bûcher, dont il lui avait fait connaître l'abus. Elle roula son dessein dans sa tête, sans en parler à personne. Zadig devait être exécuté le lendemain ; elle n'avait que la nuit pour le sauver : voici comme elle s'y prit, en femme charitable et prudente.

Elle se parfuma, elle releva sa beauté par l'ajustement le plus riche et le plus galant, et alla demander une audience secrète au chef des prêtres des étoiles. Quand elle fut devant ce vieillard vénérable, elle lui parla en ces termes : « Fils aîné de la Grande Ourse, frère du Taureau, cousin du Grand Chien (c'étaient les titres de ce pontife), je viens vous confier mes scrupules. J'ai bien

---

1. *armée céleste* : cf. le début du chapitre XI, p. 70.
2. *ouïrent* : entendirent.

peur d'avoir commis un péché énorme en ne me brûlant pas dans le bûcher de mon cher mari. En effet, qu'avais-je à conserver ? une chair périssable, et qui est déjà toute flétrie. » En disant ces paroles, elle tira de ses longues manches de soie ses bras nus, d'une forme admirable et d'une blancheur éblouissante. « Vous voyez, dit-elle, le peu que cela vaut. » Le pontife trouva dans son cœur que cela valait beaucoup. Ses yeux le dirent, et sa bouche le confirma : il jura qu'il n'avait vu de sa vie de si beaux bras. « Hélas ! lui dit la veuve, les bras peuvent être un peu moins mal que le reste ; mais vous m'avouerez que la gorge n'était pas digne de mes attentions. » Alors elle laissa voir le sein le plus charmant que la nature eût jamais formé. Un bouton de rose sur une pomme d'ivoire n'eût paru auprès que de la garance[1] sur du buis, et les agneaux sortant du lavoir auraient semblé d'un jaune brun. Cette gorge, ses grands yeux noirs qui languissaient en brillant doucement d'un feu tendre, ses joues animées de la plus belle pourpre mêlée au blanc de lait le plus pur, son nez, qui n'était pas comme la tour du mont Liban, ses lèvres, qui étaient comme deux bordures de corail renfermant les plus belles perles de la mer d'Arabie, tout cela ensemble fit croire au vieillard qu'il avait vingt ans. Il fit en bégayant une déclaration tendre. Almona, le voyant enflammé, lui demanda la grâce de Zadig. « Hélas ! dit-il, ma belle dame, quand je vous accorderais sa grâce, mon indulgence ne servirait de rien ; il faut qu'elle soit signée de trois autres de mes confrères. – Signez toujours, dit Almona. – Volontiers, dit le prêtre, à condition que vos faveurs seront le prix de ma facilité. – Vous me faites trop d'honneur, dit Almona ; ayez seulement pour agréable de venir dans ma chambre après que le soleil sera couché, et dès que la brillante étoile Sheat[2] sera sur l'horizon. Vous me trouverez sur un sofa couleur de rose, et vous en userez comme vous pourrez avec votre ser-

1. *garance* : plante grimpante qui fournit une substance colorante rouge.
2. *Sheat* : une des étoiles de la constellation de Pégase.

vante. » Elle sortit alors emportant avec elle la signature, et laissa le vieillard plein d'amour et de défiance de ses forces. Il employa le reste du jour à se baigner ; il but une liqueur composée de la cannelle de Ceylan et des précieuses épices de Tidor et de Ternate[1], et attendit avec impatience que l'étoile Sheat vînt à paraître.

Cependant la belle Almona alla trouver le second pontife. Celui-ci l'assura que le soleil, la lune et tous les feux du firmament n'étaient que des feux follets en comparaison de ses charmes. Elle lui demanda la même grâce, et on lui proposa d'en donner le prix. Elle se laissa vaincre, et donna rendez-vous au second pontife au lever de l'étoile Algénib. De là, elle passa chez le troisième et chez le quatrième prêtre, prenant toujours une signature et donnant un rendez-vous d'étoile en étoile. Alors elle fit avertir les juges de venir chez elle pour une affaire importante. Ils s'y rendirent : elle leur montra les quatre noms, et leur dit à quel prix les prêtres avaient vendu la grâce de Zadig. Chacun d'eux arriva à l'heure prescrite ; chacun fut bien étonné d'y trouver ses confrères, et plus encore d'y trouver les juges, devant qui leur honte fut manifestée. Zadig fut sauvé. Sétoc fut si charmé de l'habileté d'Almona qu'il en fit sa femme. Zadig partit après s'être jeté aux pieds de sa belle libératrice. Sétoc et lui se quittèrent en pleurant, en se jurant une amitié éternelle et en se promettant que le premier des deux qui ferait une grande fortune en ferait part[2] à l'autre.

Zadig marcha du côté de la Syrie[3], toujours pensant à la malheureuse Astarté, et toujours réfléchissant sur le sort qui s'obstinait à se jouer de lui et à le persécuter. « Quoi ! disait-il, quatre cents onces d'or pour avoir vu passer une chienne ! condamné à être décapité pour quatre mauvais vers à la louange du roi ! prêt à être étranglé parce que la reine avait des babouches de la

1. *de Tidor et de Ternate* : villes des îles Molluques, archipel d'Indonésie.
2. *en ferait part* : en donnerait une part.
3. *Syrie* : c'est-à-dire à nouveau en direction de la Chaldée.

couleur de mon bonnet ! réduit en esclavage pour avoir secouru une femme qu'on battait ! et sur le point d'être brûlé pour avoir sauvé la vie à toutes les jeunes veuves arabes ! »

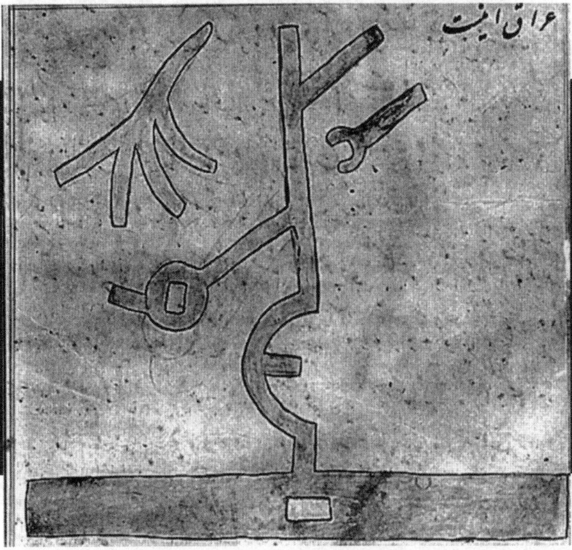

Carte de l'Irak (1388). Paris, Bibliothèque Nationale.

Questions

Compréhension

1. *La critique de la justice et de la religion : sur quoi se concentrent essentiellement les attaques de Voltaire ?*

2. *La séduction d'Almona : relevez le lexique de la sensualité (le corps ; la couleur ; le luxe). Comment interprétez-vous l'habileté féminine, ici : est-ce une preuve de dévouement ou de dévoiement ? Est-ce une feinte ou le naturel qui s'exprime ? Pensez aux autres apparitions féminines dans le conte.*

3. *Les prêtres : comment réagissent-ils au charme d'Almora ? Pourquoi Voltaire les présente-t-il tous sous le même jour ?*

4. *Une fois encore, le chapitre se termine par le rappel des malheurs de Zadig et par le souvenir d'Astarté. Quelle signification faut-il donner à ce double refrain ?*

Écriture / Réécriture

5. *L'exotisme et le pittoresque* : relevez les marques principales de cet appel au dépaysement.*

6. *L'art du conteur : essayez de le cerner, en observant notamment la construction du récit, la rapidité du mouvement narratif, la capacité de créer en peu de mots une atmosphère romanesque, une certaine complaisance au lecteur. Et n'oubliez pas de saisir la présence de l'auteur dans le récit.*

7. « Mais, dans l'excès de leur douleur, ils se contentèrent de le condamner à être brûlé à petit feu » : *analysez le fonctionnement humoristique de cette phrase et proposez des formules construites sur le même modèle.*

Bilan

L'action

- **Ce que nous savons**

L'exil du héros a donné une nouvelle dynamique à la narration. Dès que Zadig quitte Babylone (fin du chapitre VIII), il entre dans le monde réel, hostile et d'emblée meurtrier (IX). Il lui faut repartir de zéro et sombrer dans la pire des conditions, l'esclavage (X). Du bas de l'échelle sociale, dans l'anonymat et l'abandon, Zadig est contraint à un retour sur soi, à des méditations sur l'univers (début du chapitre IX) et sur la fragilité du destin (X). Mais un mouvement imperceptible de reconquête va se dessiner. Ne pouvant plus compter que sur son talent et ses vertus propres, Zadig commence par impressionner son maître Sétoc et par gagner son estime (fin du chapitre X). De même, les deux ennemis habituels du bonheur individuel, le fanatisme religieux et l'arbitraire judiciaire (XI et XIII), sont habilement contournés et momentanément vaincus. Même la nature féminine, jusqu'ici si néfaste à Zadig, devient son précieux auxiliaire (XIII). Ce lent retournement de tendance ramène un peu d'optimisme, comme le montre l'heureuse conclusion du « souper », *où les superstitions, après leur affrontement, se réconcilient (XII). L'auteur participe à cette reconstruction : il s'insinue constamment dans la fiction : par la satire et par l'humour*, il laisse entendre qu'un autre type de justice et qu'une religion sans dogmes sont possibles.*

- **À quoi nous attendre ?**

1. *Les dernières lignes du chapitre XII laissent prévoir un nouveau départ. Vers où l'auteur peut-il déplacer l'action, dans le dernier tiers du conte ? N'oubliez pas que tout le récit fonctionne sur un principe cyclique et sur un jeu de parallélismes.*

2. *Jusqu'ici, les personnages croisés par le héros sont tous assez élevés dans l'ordre social. Dans quels milieux l'action va-t-elle se déplacer, pour que le panorama soit complet ?*

3. *Que laisse supposer, pour la fin du conte, le rappel constant à la situation initiale, c'est-à-dire à l'amour de Zadig et d'Astarté ?*

Les personnages

- **Ce que nous savons**

Seul dans son genre – si l'on excepte les rares apparitions de

Cador – Sétoc offre une image rassurante de l'humanité. Zadig devient, logiquement, son conseiller et son ami. De même, Almora peut réconcilier le héros avec les femmes, lesquelles ne lui ont guère porté chance jusqu'ici. Enfin et surtout, Zadig constate qu'un bienfait (avoir sauvé Almora du bûcher, au chapitre XI) finit par trouver sa récompense, par une sorte de jeu d'équivalence (être sauvé du bûcher, au chapitre XIII). Quant aux spécimens des races et des religions (XII), ils sont un peu caricaturaux mais finalement sensibles à la leçon de la morale et de bon sens (« Tout le monde s'embrassa »*). Tous ces personnages, au fond sympathiques ou supportables, constituent une revue d'une humanité positive, accessible à la raison et à la conciliation. Encore faut-il que l'on puisse s'expliquer, dialoguer vraiment, ne pas s'en tenir à des préjugés. Face à cette ouverture, deux obstacles se dressent : la religion sectaire (avec ses prêtres bornés et vénaux, mais qu'on peut séduire par l'appât du plaisir et du gain) et la justice (avec ses juges malhonnêtes et cruels). Zadig est tiraillé entre ces deux visions de l'homme. Il éprouve la brutalité et la souffrance : les conflits physiques, l'assassinat, l'esclavage, les bûchers, les excités en tous genres, l'escroquerie, etc. Mais il reconquiert, par son seul talent, un épanouissement et une influence : il en impose à son maître Sétoc et à Almora ; il force la conviction des juges (X) et des croyants (XII) ; il fait abolir des coutumes odieuses (XI) ; il confond un voleur (X) et trouve un subterfuge pour duper les prêtres (XIII) ; il favorise le mariage heureux de Sétoc et d'Almora. Bref, malgré le désordre et l'incohérence du monde, Zadig affirme l'unité de sa personne. Il se fonde sur ses qualités propres, indépendantes du statut social (même de l'esclavage) : l'intelligence, la perspicacité, le bon sens, le refus des certitudes. Malgré un certain fatalisme*, il voit que l'individu peut s'appuyer sur ses mérites et sur son action pour se faire un chemin dans la vie. Le destin a beau paraître absurde, l'homme peut espérer* « devenir ce qu'il est ».

- **À quoi nous attendre ?**

1. *Un pauvre esclave peut être la sagesse et la vertu personnifiées, tandis qu'un grand prêtre peut n'être qu'un crétin corrompu. Si les bons et les méchants ne se répartissent pas selon la hiérarchie sociale, vous pouvez prévoir quels types d'hommes Zadig va rencontrer, maintenant qu'il aura besoin d'aide pour renouer avec la chance et reconquérir le monde.*

2. *Puisqu'on commence à percevoir que les bienfaits reçoivent plus tard une forme de récompense, qui Zadig va-t-il forcément retrouver sous peu ?*

CHAPITRE QUATORZIÈME

LE BRIGAND

En arrivant aux frontières qui séparent l'Arabie Pétrée de la Syrie, comme il passait près d'un château assez fort[1], des Arabes armés en sortirent. Il se vit entouré ; on lui criait : « Tout ce que vous avez nous appartient, et votre personne appartient à notre maître. » Zadig pour réponse tira son épée ; son valet, qui avait du courage, en fit autant. Ils renversèrent morts les premiers Arabes qui mirent la main sur eux ; le nombre redoubla ; ils ne s'étonnèrent point, et résolurent de périr en combattant. On voyait deux hommes se défendre contre une multitude ; un tel combat ne pouvait durer longtemps. Le maître du château, nommé Arbogad, ayant vu d'une fenêtre les prodiges de valeur que faisait Zadig, conçut de l'estime pour lui. Il descendit en hâte, et vint lui-même écarter ses gens et délivrer les deux voyageurs. « Tout ce qui se passe sur mes terres est à moi, dit-il, aussi bien que ce que je trouve sur les terres des autres ; mais vous me paraissez un si brave[2] homme que je vous exempte de la loi commune. » Il le fit entrer dans son château, ordonnant à ses gens de le bien traiter, et, le soir, Arbogad voulut souper avec Zadig.

Le seigneur du château était un de ces Arabes qu'on appelle *voleurs*[3] ; mais il faisait quelquefois de bonnes actions parmi une foule de mauvaises ; il volait avec une rapacité furieuse, et donnait libéralement ; intrépide dans l'action, assez doux dans le commerce[4], débauché à table, gai dans la débauche, et surtout plein de fran-

---

1. *assez fort* : bien fortifié.
2. *brave* : qui a de la bravoure, courageux.
3. *voleurs* : thème habituel des récits orientaux (pensez aux histoires d'*Ali Baba et les quarante voleurs*, etc.) ; Voltaire n'ignore pas non plus qu'un certain brigand Abdallah, enrichi par le pillage, venait d'entreprendre en 1746 une guerre de conquête vers les Indes.
4. *dans le commerce* : dans le contact personnel, dans l'échange.

chise. Zadig lui plut beaucoup ; sa conversation, qui s'anima, fit durer le repas ; enfin Arbogad lui dit : « Je vous conseille de vous enrôler sous moi ; vous ne sauriez mieux faire ; ce métier-ci n'est pas mauvais ; vous pourrez un jour devenir ce que je suis. – Puis-je vous demander, dit Zadig, depuis quel temps vous exercez cette noble profession ? – Dès ma plus tendre jeunesse, reprit le seigneur. J'étais valet d'un Arabe assez habile ; ma situation m'était insupportable. J'étais au désespoir de voir que dans toute la terre, qui appartient également aux hommes, la destinée ne m'eût pas réservé ma portion. Je confiai mes peines à un vieil Arabe, qui me dit : « Mon fils, ne désespérez pas : il y avait autrefois un grain de sable qui se lamentait d'être un atome ignoré dans les déserts ; au bout de quelques années il devint diamant, et il est à présent le plus bel ornement du roi des Indes. » Ce discours me fit impression ; j'étais le grain de sable, je résolus de devenir diamant. Je commençai par voler deux chevaux ; je m'associai des camarades ; je me mis en état de voler de petites caravanes ; ainsi je fis cesser peu à peu la disproportion qui était d'abord entre les hommes et moi. J'eus ma part aux biens de ce monde, et je fus même dédommagé avec usure : on me considéra beaucoup ; je devins seigneur brigand, j'acquis ce château par voie de fait[1]. Le satrape[2] de Syrie voulut m'en déposséder ; mais j'étais déjà trop riche pour avoir rien à craindre : je donnai de l'argent au satrape, moyennant quoi je conservai ce château, et j'agrandis mes domaines ; il me nomma même trésorier des tribus que l'Arabie Pétrée payait au roi des rois. Je fis ma charge de receveur, et point du tout celle de payeur.

« Le grand desterham[3] de Babylone envoya ici, au nom du roi Moabdar, un petit satrape pour me faire étrangler. Cet homme arriva avec son ordre : j'étais instruit de tout ; je fis étrangler en sa présence les quatre personnes

1. *par voie de fait* : en recourant à la violence ; de force.
2. *satrape* : gouverneur de province dans la Perse ancienne.
3. *desterham* : cf. chap. III, p. 26.

qu'il avait amenées avec lui pour serrer le lacet; après quoi je lui demandai ce que pouvait lui valoir la commission de m'étrangler. Il me répondit que ses honoraires pouvaient aller à trois cents pièces d'or. Je lui fis voir clair qu'il y aurait plus à gagner avec moi. Je le fis sous-brigand; il est aujourd'hui un de mes meilleurs officiers, et des plus riches. Si vous m'en croyez, vous réussirez comme lui. Jamais la saison de voler n'a été meilleure, depuis que Moabdar est tué et que tout est en confusion dans Babylone.

– Moabdar est tué! dit Zadig, et qu'est devenue la reine Astarté? – Je n'en sais rien, reprit Arbogad. Tout ce que je sais, c'est que Moabdar est devenu fou, qu'il a été tué, que Babylone est un grand coupe-gorge, que tout l'empire est désolé, qu'il y a de beaux coups à faire encore, et que pour ma part j'en ai fait d'admirables. – Mais la reine? dit Zadig; de grâce, ne savez-vous rien de la destinée de la reine? – On m'a parlé d'un prince d'Hyrcanie[1], reprit-il; elle est probablement parmi ses concubines, si elle n'a pas été tuée dans le tumulte; mais je suis plus curieux de butin que de nouvelles. J'ai pris plusieurs femmes dans mes courses[2]; je n'en garde aucune; je les vends cher quand elles sont belles, sans m'informer de ce qu'elles sont. On n'achète point le rang; une reine qui serait laide ne trouverait pas marchand[3] : peut-être ai-je vendu la reine Astarté, peut-être est-elle morte; mais peu m'importe, et je pense que vous ne devez pas vous en soucier plus que moi. » En parlant ainsi il buvait avec tant de courage, il confondait tellement toutes les idées, que Zadig n'en put tirer aucun éclaircissement[4].

Il restait interdit, accablé, immobile. Arbogad buvait toujours, faisait des contes, répétait sans cesse qu'il était le plus heureux de tous les hommes, exhortant Zadig à

1. *Hyrcanie* : cf. chap. IV, p. 33.
2. *dans mes courses* : dans mes expéditions, dans mes *razzias*.
3. *ne trouverait pas marchand* : ne trouverait pas acheteur.
4. *éclaircissement* : ce chapitre rappelle les aventures du héros de *Gil Blas de Santillane* de Lesage (chap. V-X).

se rendre aussi heureux que lui. Enfin, doucement assoupi par les fumées du vin, il alla dormir d'un sommeil tranquille. Zadig passa la nuit dans l'agitation la plus violente. « Quoi ! disait-il, le roi est devenu fou ! il est tué ! Je ne peux m'empêcher de le plaindre. L'empire est déchiré, et ce brigand est heureux. Ô fortune ! ô destinée ! un voleur est heureux et ce que la nature a fait de plus aimable a péri peut-être d'une manière affreuse, ou vit dans un état pire que la mort. Ô Astarté ! qu'êtes-vous devenue ? »

Dès le point du jour, il interrogea tous ceux qu'il rencontrait dans le château ; mais tout le monde était occupé, personne ne lui répondit : on avait fait pendant la nuit de nouvelles conquêtes, on partageait les dépouilles. Tout ce qu'il put obtenir dans cette confusion tumultueuse, ce fut la permission de partir. Il en profita sans parler, plus abîmé que jamais dans ses réflexions douloureuses.

Zadig marchait inquiet, agité, l'esprit tout occupé de la malheureuse Astarté, du roi de Babylone, de son fidèle Cador, de l'heureux brigand Arbogad, de cette femme si capricieuse que des Babyloniens avaient enlevée sur les confins de l'Égypte ; enfin de tous les contretemps et de toutes les infortunes qu'il avait éprouvés.

Questions

Compréhension

1. *Le* «seigneur du château», *Arbogad : récapitulez ce que nous apprenons sur le caractère et sur l'itinéraire de ce* «voleur». *Comment (et pourquoi) Voltaire le rend-il sympathique ?*

2. *Le face à face Zadig–Arbogad : dans leurs propos comme dans leurs réactions aux événements, chacun des deux personnages manifeste une psychologie bien différente. Précisez cette opposition. Pourquoi la distinction devient-elle encore plus évidente à propos d'Astarté (paragraphe 4) ?*

3. *Quelle philosophie de la vie Arbogad incarne-t-il ?*

4. *De même, ce chapitre illustre une certaine vision de la société humaine : quelles valeurs semblent universellement guider les hommes ?*

5. *Quel est le bilan, sur le plan des idées, de ce chapitre ? Que nous apportent les trois derniers paragraphes, en ce qui concerne la réflexion de Zadig sur la destinée ?*

Écriture / Réécriture

6. «On voyait deux hommes se défendre contre la multitude» : *comment Voltaire arrive-t-il à créer, au début, une visualisation de l'action, comme dans un* «*film d'aventures*» *?*

7. *Tout l'épisode du brigand est une parodie des romans d'aventures : pouvez-vous le montrer, en vous aidant des notes ?*

8. *Vous trouverez – dans des films, des bandes dessinées ou des récits – des exemples du brigand généreux, qui, après une première altercation, devient ami avec le héros et lui apporte son concours.*

9. *Comment peut-on expliquer, sur le plan narratif, l'intérêt de ce type romanesque ? Souvenez-vous, par exemple, de la phrase de Gide :* «C'est avec de bons sentiments qu'on fait de la mauvaise littérature.»

CHAPITRE QUINZIÈME

LE PÊCHEUR

À quelques lieues du château d'Arbogad, il se trouva sur le bord d'une petite rivière, toujours déplorant sa destinée et se regardant comme le modèle du malheur. Il vit un pêcheur couché sur la rive, tenant à peine[1] d'une main languissante son filet, qu'il semblait abandonner, levant les yeux vers le ciel.

« Je suis certainement le plus malheureux de tous les hommes, disait le pêcheur. J'ai été, de l'aveu de tout le monde, le plus célèbre marchand de fromages à la crème dans Babylone, et j'ai été ruiné. J'avais la plus jolie femme qu'homme de ma sorte pût posséder, et j'en ai été trahi. Il me restait une chétive[2] maison, je l'ai vue pillée et détruite. Réfugié dans une cabane, je n'ai de ressource que ma pêche, et je ne prends pas un poisson. Ô mon filet ! je ne te jetterai plus dans l'eau, c'est à moi de m'y jeter. » En disant ces mots il se lève, et s'avance dans l'attitude d'un homme qui allait se précipiter et finir sa vie.

« Eh quoi ! se dit Zadig à lui-même, il y a donc des hommes aussi malheureux que moi ! » L'ardeur de sauver la vie au pêcheur fut aussi prompte que cette réflexion. Il court à lui, il l'arrête, il l'interroge d'un air attendri et consolant. On prétend qu'on est moins malheureux quand on ne l'est pas seul. Mais, selon Zoroastre•, ce n'est pas par malignité, c'est par besoin. On se sent alors entraîné vers un infortuné comme vers son semblable. La joie d'un homme heureux serait une insulte ; mais deux malheureux sont comme deux arbrisseaux faibles qui, s'appuyant l'un sur l'autre, se fortifient contre l'orage.

« Pourquoi succombez-vous à vos malheurs ? dit Zadig

1. *à peine* : avec peine, mal.
2. *chétive* : misérable, petite.

au pêcheur. – C'est, répondit-il, parce que je n'y vois pas de ressource. J'ai été le plus considéré du village de Derlback[1] auprès de Babylone, et je faisais, avec l'aide de ma femme, les meilleurs fromages à la crème de l'empire. La reine Astarté et le fameux ministre Zadig les aimaient passionnément. J'avais fourni à leur maison six cents fromages. J'allai un jour à la ville pour être payé ; j'appris, en arrivant dans Babylone, que la reine et Zadig avaient disparu. Je courus chez le seigneur Zadig, que je n'avais jamais vu : je trouvai les archers du grand desterham[2], qui, munis d'un papier royal, pillaient sa maison loyalement[3] et avec ordre. Je volai aux cuisines de la reine : quelques-uns des seigneurs de la bouche me dirent qu'elle était morte ; d'autres dirent qu'elle était en prison ; d'autres prétendirent qu'elle avait pris la fuite ; mais tous m'assurèrent qu'on ne me paierait point mes fromages. J'allai avec ma femme chez le seigneur Orcan[4], qui était une de mes pratiques[5] : nous lui demandâmes sa protection dans notre disgrâce ; il l'accorda à ma femme, et me la refusa. Elle était plus blanche que ses fromages à la crème, qui commencèrent mon malheur ; et l'éclat de la pourpre de Tyr n'était pas plus brillant que l'incarnat qui animait cette blancheur. C'est ce qui fit qu'Orcan la retint, et me chassa de sa maison. J'écrivis à ma chère femme la lettre d'un désespéré. Elle dit au porteur : "Ah, ah ! oui, je sais quel est l'homme qui m'écrit, j'en ai entendu parler : on dit qu'il fait des fromages à la crème excellents ; qu'on m'en apporte, et qu'on les lui paie."

« Dans mon malheur, je voulus m'adresser à la justice. Il me restait six onces d'or : il fallut en donner deux onces à l'homme de loi que je consultai, deux au procureur qui entreprit mon affaire, deux au secrétaire du

1. *Derlback* : nom inconnu, probable déformation de Diarbeck, ville située à l'est de la Mésopotamie, en Kurdistan.
2. *desterham* : grand trésorier de l'État ; cf. chapitre III, p. 28.
3. *loyalement* : en toute légalité.
4. *Orcan* : cf. chapitre I, note 4, p. 16.
5. *une de mes pratiques* : un de mes clients.

premier juge. Quand tout cela fut fait, mon procès n'était pas encore commencé, et j'avais déjà dépensé plus d'argent que mes fromages et ma femme ne valaient. Je retournai à mon village dans l'intention de vendre ma maison pour avoir ma femme.

« Ma maison valait bien soixante onces d'or ; mais on me voyait pauvre et pressé de vendre. Le premier à qui je m'adressai m'en offrit trente onces, le second vingt, et le troisième dix. J'étais prêt enfin de[1] conclure, tant j'étais aveuglé, lorsqu'un prince d'Hyrcanie[2] vint à Babylone et ravagea tout sur son passage. Ma maison fut d'abord saccagée et ensuite brûlée.

« Ayant ainsi perdu mon argent, ma femme et ma maison, je me suis retiré dans ce pays où vous me voyez. J'ai taché de subsister du métier de pêcheur ; les poissons se moquent de moi comme les hommes. Je ne prends rien, je meurs de faim ; et, sans vous, auguste consolateur, j'allais mourir dans la rivière. »

Le pêcheur ne fit point ce récit tout de suite[3] ; car à tout moment Zadig, ému et transporté, lui disait : « Quoi ! vous ne savez rien de la destinée de la reine ? – Non, Seigneur, répondait le pêcheur ; mais je sais que la reine et Zadig ne m'ont point payé mes fromages à la crème, qu'on a pris ma femme, et que je suis au désespoir. – Je me flatte[4], dit Zadig, que vous ne perdrez pas tout votre argent. J'ai entendu parler de ce Zadig ; il est honnête homme ; et s'il retourne à Babylone, comme il l'espère, il vous donnera plus qu'il ne vous doit ; mais pour votre femme, qui n'est pas si honnête, je vous conseille de ne pas chercher à la reprendre. Croyez-moi, allez à Babylone ; j'y serai avant vous, parce que je suis à cheval et que vous êtes à pied. Adressez-vous à l'illustre Cador ; dites-lui que vous avez rencontré son ami ; attendez-moi chez lui. Allez ; peut-être ne serez-vous pas toujours malheureux.

1. *j'étais prêt enfin de* : je m'apprêtais à (cf. chapitre XII, note 8, p. 74).
2. *Hyrcanie* : cf. note 3, p. 32.
3. *tout de suite* : tout à la suite, d'une seule traite.
4. *Je me flatte* : j'aime à croire, je prétends.

« Ô puissant Orosmade[1] ! continua-t-il, vous vous servez de moi pour consoler cet homme, de qui vous servirez-vous pour me consoler ? » En parlant ainsi il donnait au pêcheur la moitié de tout l'argent qu'il avait apporté d'Arabie, et le pêcheur, confondu et ravi, baisait les pieds de l'ami de Cador, et disait : « Vous êtes un ange sauveur. »

Cependant Zadig demandait toujours des nouvelles et versait des larmes. « Quoi ! Seigneur, s'écria le pêcheur, vous seriez donc aussi malheureux, vous qui faites du bien ? – Plus malheureux que toi cent fois, répondait Zadig. – Mais comment se peut-il faire, disait le bonhomme[2], que celui qui donne soit le plus à plaindre que celui qui reçoit ? – C'est que ton plus grand malheur, reprit Zadig, était le besoin, et que je suis infortuné par le cœur. – Orcan vous aurait-il pris votre femme ? » dit le pêcheur. Ce mot rappela dans l'esprit de Zadig toutes ses aventures : il répétait la liste de ses infortunes, à commencer depuis la chienne de la reine jusqu'à son arrivée chez le brigand Arbogad. « Ah ! dit-il au pêcheur, Orcan mérite d'être puni. Mais d'ordinaire ce sont ces gens-là qui sont les favoris de la destinée. Quoi qu'il en soit, va chez le seigneur Cador, et attends-moi. » Ils se séparèrent : le pêcheur marcha en remerciant son destin, et Zadig courut en accusant toujours le sien.

1. *Orosmade* : nom du principe du Bien, selon l'enseignement de Zarathoustra (cf. chapitre III, note 4, p. 26).
2. *bonhomme* : le brave homme, simple et droit.

Questions

Compréhension

1. *Le pêcheur est un* alter ego *de Zadig, une sorte de double : indiquez les similitudes entre leurs destins.*

2. *Comment expliquer la réaction de Zadig qui, au fond du désespoir, devient à son tour un* « auguste consolateur » *et un* « ange sauveur » *? L'auteur nous donne explicitement des éléments de réponse. Cette situation s'est déjà rencontrée dans d'autres chapitres : pouvez-vous dire lesquels et, ainsi, préciser la fonction du personnage de Zadig dans le conte ?*

3. *Au cours du récit fait par le pêcheur, les cibles habituelles de la satire voltairienne réapparaissent : précisez lesquelles.*

4. *D'après ce chapitre, et notamment à travers le personnage d'Orcan, quelles sont les sources principales du malheur des hommes ?*

5. *Commentez la formule finale de Zadig à propos d'Orcan :* « D'ordinaire, ce sont ces gens-là qui sont les favoris de la destinée. »

Écriture

6. « Le pêcheur ne fit pas ce récit tout de suite » *: pourquoi Voltaire a-t-il séparé les explications du pêcheur des questions de Zadig, lesquelles ne sont récapitulées qu'ensuite ? Quel est l'intérêt de cette technique ? Pourquoi l'auteur a-t-il choisi que Zadig ne dévoile pas son identité ?*

7. *Comment le suspense, pour la suite de l'action, est-il ménagé, à l'intérieur même des informations apportées à Zadig par le pêcheur ?*

CHAPITRE SEIZIÈME

LE BASILIC

Arrivé dans une belle prairie, il y vit plusieurs femmes qui cherchaient quelque chose avec beaucoup d'application. Il prit la liberté de s'approcher de l'une d'elles et de lui demander s'il pouvait avoir l'honneur de les aider dans leurs recherches. « Gardez-vous-en bien, répondit la Syrienne ; ce que nous cherchons ne peut être touché que par des femmes. – Voilà qui est bien étrange, dit Zadig ; oserai-je vous prier de m'apprendre ce que c'est qu'il n'est permis qu'aux femmes de toucher ? – C'est un basilic[1], dit-elle. – Un basilic, madame ? et pour quelle raison, s'il vous plaît, cherchez-vous un basilic ? – C'est pour notre seigneur et maître Ogul[2], dont vous voyez le château sur le bord de cette rivière, au bout de la prairie. Nous sommes ses très humbles esclaves ; le seigneur Ogul est malade ; son médecin lui a ordonné de manger un basilic cuit dans l'eau de rose[3], et comme c'est un animal fort rare, qui ne se laisse jamais prendre que par des femmes, le seigneur Ogul a promis de choisir pour sa femme bien-aimée celle de nous qui lui apporterait un basilic : laissez-moi chercher, s'il vous plaît, car vous voyez ce qu'il m'en coûterait si j'étais prévenue[4] par mes compagnes. »

Zadig laissa cette Syrienne et les autres chercher leur basilic, et continua de marcher dans la prairie. Quand il fut au bord d'un petit ruisseau, il y trouva une autre dame couchée sur le gazon, et qui ne cherchait rien. Sa taille paraissait majestueuse, mais son visage était couvert d'un voile. Elle était penchée vers le ruisseau ; de profonds soupirs sortaient de sa bouche. Elle tenait en

---

1. *basilic* : serpent fabuleux dont le regard tuait les êtres vivants, sauf les femmes.
2. *Ogul* : anagramme du nom latin *Gulo*, le glouton ; *ogul* signifie *fils*, en turc.
3. *eau de rose* : eau de roses, liqueur obtenue par distillation des roses.
4. *prévenue* : devancée.

main une petite baguette, avec laquelle elle traçait des caractères sur un sable fin qui se trouvait entre le gazon et le ruisseau. Zadig eut la curiosité de voir ce que cette femme écrivait; il s'approcha. Il vit la lettre Z, puis un A; il fut étonné; puis parut un D; il tressaillit. Jamais surprise ne fut égale à la sienne quand il vit les deux dernières lettres de son nom. Il demeura quelque temps immobile; enfin, rompant le silence d'une voix entrecoupée : « Ô généreuse[1] dame ! pardonnez à un étranger, à un infortuné, d'oser vous demander par quelle aventure étonnante je trouve ici le nom de Zadig tracé par votre main divine. » À cette voix, à ces paroles, la dame releva son voile d'une main tremblante, regarda Zadig, jeta un cri d'attendrissement, de surprise et de joie, et, succombant sous tous les mouvements divers qui assaillaient à la fois son âme, elle tomba évanouie entre ses bras. C'était Astarté elle-même, c'était la reine de Babylone, c'était elle dont il avait tant pleuré et tant craint la destinée. Il fut un moment privé de l'usage de ses sens; et quand il eut attaché ses regards sur les yeux d'Astarté, qui se rouvraient avec une langueur mêlée de confusion et de tendresse : « Ô puissances immortelles ! s'écria-t-il, qui présidez aux destins des faibles humains, me rendez-vous Astarté ? En quel temps, en quels lieux, en quel état la revois-je ! » Il se jeta à genoux devant Astarté, et il attacha son front à la poussière de ses pieds. La reine de Babylone le relève, et le fait asseoir auprès d'elle sur le bord de ce ruisseau; elle essuyait à plusieurs reprises ses yeux dont les larmes recommençaient toujours à couler. Elle reprenait vingt fois des discours que ses gémissements interrompaient; elle l'interrogeait sur le hasard qui les rassemblait, et prévenait soudain ses réponses par d'autres questions. Elle entamait le récit de ses malheurs, et voulait savoir ceux de Zadig. Enfin tous deux ayant un peu apaisé le tumulte de leurs âmes, Zadig lui conta en peu de mots par quelle aventure il se trouvait dans cette prairie. « Mais, ô malheureuse et respectable

1. *généreuse* : noble, bien née.

reine ! comment vous retrouvé-je en ce lieu écarté, vêtue en esclave, et accompagnée d'autres femmes esclaves qui cherchent un basilic pour le faire cuire dans de l'eau de rose par ordonnance du médecin ?

– Pendant qu'elles cherchent leur basilic, dit la belle Astarté, je vais vous apprendre tout ce que je pardonne au Ciel depuis que je vous revois. Vous savez que le roi mon mari trouva mauvais que vous fussiez le plus aimable de tous les hommes ; et ce fut pour cette raison qu'il prit une nuit la résolution de vous faire étrangler et de m'empoisonner. Vous savez comme[1] le Ciel permit que mon petit muet m'avertît de l'ordre de Sa Sublime Majesté. À peine le fidèle Cador vous eut-il forcé de m'obéir et de partir qu'il osa entrer chez moi au milieu de la nuit par une issue secrète. Il m'enleva, et me conduisit dans le temple d'Orosmade•, où le mage•, son frère, m'enferma dans une statue colossale dont la base touche aux fondements du temple et dont la tête atteint la voûte. Je fus là comme ensevelie, mais servie par le mage et ne manquant d'aucune chose nécessaire. Cependant, au point du jour, l'apothicaire de Sa Majesté entra dans ma chambre avec une potion mêlée de jusquiame[2], d'opium[2], de ciguë[2], d'ellébore noir[2] et d'aconit[2] ; et un autre officier alla chez vous avec un lacet de soie bleue. On ne trouva personne. Cador, pour mieux tromper le roi, feignit de venir nous accuser tous deux. Il dit que vous aviez pris la route des Indes, et moi celle de Memphis : on envoya des satellites[3] après vous et après moi.

« Les courriers qui me cherchaient ne me connaissaient pas. Je n'avais presque jamais montré mon visage qu'à vous seul, en présence et par ordre de mon époux[4]. Ils coururent à ma poursuite, sur le portrait qu'on leur faisait de ma personne : une femme de la même taille

1. *comme* : comment.
2. *de jusquiame, d'opium, de ciguë, d'ellébore noir et d'aconit* : diverses plantes vénéneuses et/ou narcotiques.
3. *satellites* : des gardes, une escorte (sens latin).
4. *époux* : cf. chapitres VII et VIII.

que moi, et qui peut-être avait plus de charmes, s'offrit à leurs regards sur les frontières de l'Égypte. Elle était éplorée, errante. Ils ne doutèrent pas que cette femme ne fût la reine de Babylone ; ils la menèrent à Moabdar. Leur méprise fit entrer d'abord le roi dans une violente colère ; mais bientôt ayant considéré de plus près cette femme, il la trouva très belle, et fut consolé. On l'appelait Missouf. On m'a dit depuis que ce nom signifie en langue égyptienne *la belle capricieuse.* Elle l'était en effet ; mais elle avait autant d'art que de caprice. Elle plut à Moabdar. Elle le subjugua au point de se faire déclarer sa femme. Alors son caractère se développa tout entier ; elle se livra sans crainte à toutes les folies de son imagination. Elle voulut obliger le chef des mages•, qui était vieux et goutteux, de danser devant elle ; et, sur le refus du mage, elle le persécuta violemment. Elle ordonna à son grand écuyer de lui faire une tourte de confitures. Le grand écuyer eut beau lui représenter qu'il n'était point pâtissier, il fallut qu'il fît la tourte ; et on le chassa parce qu'elle était trop brûlée. Elle donna la charge de grand écuyer à son nain, et la place de chancelier à un page. C'est ainsi qu'elle gouverna Babylone. Tout le monde me regrettait. Le roi, qui avait été assez honnête homme jusqu'au moment où il avait voulu m'empoisonner et vous faire étrangler, semblait avoir noyé ses vertus dans l'amour prodigieux qu'il avait pour la belle capricieuse. Il vint au temple le grand jour du feu sacré. Je le vis implorer les dieux pour Missouf aux pieds de la statue où j'étais renfermée. J'élevai la voix ; je lui criai : “Les dieux refusent les vœux d'un roi devenu tyran, qui a voulu faire mourir une femme raisonnable pour épouser une extravagante.” Moabdar fut confondu de ces paroles au point que sa tête se troubla. L'oracle que j'avais rendu et la tyrannie de Missouf suffisaient pour lui faire perdre le jugement. Il devint fou en peu de jours.

« Sa folie, qui parut un châtiment du Ciel, fut le signal de la révolte. On se souleva, on courut aux armes. Babylone, si longtemps plongée dans une mollesse oisive, devint le théâtre d'une guerre civile affreuse. On me tira du creux de ma statue, et on me mit à la tête d'un parti.

Cador courut à Memphis pour vous ramener à Babylone. Le prince d'Hyrcanie, apprenant ces funestes nouvelles, revint avec son armée faire un troisième parti dans la Chaldée. Il attaqua le roi, qui courut au-devant de lui avec son extravagante Égyptienne. Moabdar mourut percé de coups. Missouf tomba aux mains des vainqueurs. Mon malheur voulut que je fusse prise moi-même par un parti hyrcanien, et qu'on me menât devant le prince précisément dans le temps qu'on lui amenait Missouf. Vous serez flatté, sans doute, en apprenant que le prince me trouva plus belle que l'Égyptienne ; mais vous serez fâché d'apprendre qu'il me destina à son sérail. Il me dit fort résolument que, dès qu'il aurait fini une expédition militaire qu'il allait exécuter, il viendrait à moi. Jugez de ma douleur. Mes liens avec Moabdar étaient rompus, je pouvais être à Zadig ; et je tombais dans les chaînes de ce barbare. Je lui répondis avec toute la fierté que me donnaient mon rang et mes sentiments. J'avais toujours entendu que le Ciel attachait aux personnes de ma sorte un caractère de grandeur qui, d'un mot et d'un coup d'œil, faisait rentrer dans l'abaissement du plus profond respect les téméraires qui osaient s'en écarter. Je parlai en reine ; mais je fus traitée en demoiselle suivante. L'Hyrcanien, sans daigner seulement m'adresser la parole, dit à son eunuque noir que j'étais une impertinente, mais qu'il me trouvait jolie. Il lui ordonna d'avoir soin de moi, et de me mettre au régime des favorites, afin de me rafraîchir le teint et de me rendre plus digne de ses faveurs pour le jour où il aurait la commodité de m'en honorer. Je lui dis que je me tuerais ; il répliqua en riant qu'on ne se tuait point, qu'il était fait à ces façons-là, et me quitta comme un homme qui vient de mettre un perroquet dans sa ménagerie[1]. Quel état pour la première reine de l'univers, et, je dirai plus, pour un cœur qui était à Zadig ! »

À ces paroles, il se jeta à ses genoux et les baigna de larmes. Astarté le releva tendrement, et elle continua

1. *ménagerie* : lieu où l'on garde les animaux du roi.

ainsi : « Je me voyais au pouvoir d'un barbare et rivale d'une folle avec qui j'étais enfermée. Elle me raconta son aventure d'Égypte. Je jugeai par les traits dont elle vous peignait, par le temps, par le dromadaire sur lequel vous étiez monté, par toutes les circonstances, que c'était Zadig qui avait combattu pour elle. Je ne doutai pas que vous ne fussiez à Memphis ; je pris la résolution de m'y retirer. "Belle Missouf, lui dis-je, vous êtes beaucoup plus plaisante que moi, vous divertirez bien mieux que moi le prince d'Hyrcanie. Facilitez-moi les moyens de me sauver ; vous régnerez seule, vous me rendrez heureuse en vous débarrassant d'une rivale." Missouf concerta avec moi les moyens de ma fuite. Je partis donc secrètement avec une esclave égyptienne.

« J'étais déjà près de l'Arabie, lorsqu'un fameux voleur nommé Arbogad m'enleva, et me vendit à des marchands qui m'ont amenée dans ce château, où demeure le seigneur Ogul. Il m'a achetée sans savoir qui j'étais. C'est un homme voluptueux qui ne cherche qu'à faire grande chère, et qui croit que Dieu l'a mis au monde pour tenir table. Il est d'un embonpoint excessif, qui est toujours prêt à le suffoquer. Son médecin, qui n'a que peu de crédit auprès de lui quand il digère bien, le gouverne despotiquement quand il a trop mangé. Il est persuadé qu'il le guérirait avec un basilic cuit dans de l'eau de rose. Le seigneur Ogul a promis sa main à celle de ses esclaves qui lui apporterait un basilic. Vous voyez que je les laisse s'empresser à mériter cet honneur, et je n'ai jamais eu moins d'envie de trouver ce basilic que depuis que le Ciel a permis que je vous revisse. »

Alors Astarté et Zadig se dirent tout ce que des sentiments longtemps retenus, tout ce que les malheurs et leurs amours pouvaient inspirer aux cœurs les plus nobles et les plus passionnés ; et les génies qui président à l'amour portèrent leurs paroles jusqu'à la sphère de Vénus[1].

1. *Vénus* : car Vénus est la déesse de l'amour ; selon le système de Ptolémée, c'est la quatrième des dix sphères concentriques qui forment l'univers.

Les femmes rentrèrent chez Ogul sans avoir rien trouvé. Zadig se fit présenter à lui, et lui parla en ces termes : « Que la santé immortelle descende du ciel pour avoir soin de tous vos jours ! Je suis médecin ; j'ai accouru vers vous sur le bruit de votre maladie, et je vous ai apporté un basilic cuit dans de l'eau de rose. Ce n'est pas que je prétende vous épouser. Je ne vous demande que la liberté d'une jeune esclave de Babylone que vous avez depuis quelques jours ; et je consens de rester en esclavage à sa place si je n'ai pas le bonheur de guérir le magnifique seigneur Ogul. »

La proposition fut acceptée. Astarté partit pour Babylone avec le domestique de Zadig, en lui promettant de lui envoyer incessamment un courrier pour l'instruire de tout ce qui se serait passé. Leurs adieux furent aussi tendres que l'avait été leur reconnaissance. Le moment où l'on se retrouve et celui où l'on se sépare sont les deux plus grandes époques de la vie, comme dit le grand livre du Zend[1]. Zadig aimait la reine autant qu'il le jurait, et la reine aimait Zadig plus qu'elle ne lui disait.

Cependant Zadig parlait ainsi à Ogul : « Seigneur, on ne mange point mon basilic, toute sa vertu doit entrer chez vous par les pores. Je l'ai mis dans un petit outre[2] bien enflé et couvert d'une peau fine : il faut que vous poussiez cet outre de toute votre force, et que je vous le renvoie à plusieurs reprises ; et en peu de jours de régime vous verrez ce que peut mon art. » Ogul, dès le premier jour, fut tout essoufflé, et crut qu'il mourrait de fatigue. Le second, il fut moins fatigué, et dormit mieux. En huit jours il recouvra toute la force, la santé, la légèreté et la gaieté de ses plus brillantes années. « Vous avez joué au ballon, et vous avez été sobre, lui dit Zadig : apprenez qu'il n'y a point de basilic dans la nature, qu'on se porte toujours bien avec de la sobriété et de l'exercice, et que l'art de faire subsister ensemble l'intempérance et la santé est un art aussi chimérique que la

1. *Zend* : texte sacré commentant l'enseignement de Zarathoustra.
2. *outre* : le mot est devenu féminin à la fin du XVIIIe siècle.

pierre philosophale[1], l'astrologie judiciaire [et la théologie des mages].[2] »

Le premier médecin d'Ogul, sentant combien cet homme était dangereux pour la médecine, s'unit avec l'apothicaire du corps[3] pour envoyer Zadig chercher des basilics dans l'autre monde. Ainsi, après avoir été toujours puni pour avoir bien fait, il était prêt de périr pour avoir guéri un seigneur gourmand. On l'invita à un excellent dîner. Il devait être empoisonné au second service ; mais il reçut un courrier de la belle Astarté au premier. Il quitta la table et partit. « Quand on est aimé d'une belle femme, dit le grand Zoroastre•, on se tire toujours d'affaire dans ce monde. »

Illustration pour Zadig, *gravure de Dambrun, d'après un dessin de Mannet, Arsenal, 1778.*

1. *pierre philosophale* : les alchimistes cherchaient cette pierre qui devait permettre de changer tout métal en or.
2. *[et la théologie des mages]* : cet ajout date de 1756.
3. *du corps* : du corps des officiers.

Questions

Compréhension

1. *Comment justifier que Zadig soit intrigué par la recherche des femmes et qu'il s'y intéresse ? Comparez avec la fin du chapitre précédent. Quelle constante psychologique du héros découvre-t-on dans ce comportement ?*

2. *Le personnage d'Ogul : quelles images successives le chapitre entier en donne-t-il ? Quand il apparaît vraiment, est-il conforme à ce que le lecteur attendait ? Finalement, comment définiriez-vous son caractère ?*

3. *Le récit d'Astarté : le portrait de Missouf correspond-il à la connaissance que nous avions du personnage ? Comment expliquer le dérèglement mental de Moabdar ? Cette évolution vous semble-t-elle vraisemblable ? À quelle catégorie d'hommes appartient le prince d'Hyrcanie ? À quels autres personnages du conte peut-on le comparer ?*

4. *La leçon donnée par Zadig à Ogul : comment nommer la méthode pédagogique choisie par Zadig ? À quoi s'oppose-t-elle ? Pourquoi cette bonne action lui attire-t-elle des ennemis et manque-t-elle de lui coûter la vie ?*

5. *Dans les dernières lignes, Zadig échappe à un assassinat. Pour quel motif ? Comment peut-on interpréter cet accident heureux ? De même, sur le plan des idées, quel sens faut-il donner aux malheurs dont les hommes sont victimes (Moabdar, surtout) et aux épreuves que subit Babylone ?*

Écriture / Réécriture

6. *Ces retrouvailles permettent à l'auteur une parodie* ironique des romans sentimentaux, en vogue à son époque. Pouvez-vous en trouver des exemples ?*

7. *L'intrigue du conte garde une cohérence grâce à un système de jonction entre des aventures apparemment distinctes et grâce à quelques* leitmotive *: citez-en des exemples.*

8. *Même dans ce chapitre, où prédominent l'imaginaire et l'aventure romanesque, les allusions à l'actualité du siècle de Voltaire sont perceptibles. En vous aidant du dossier (à la fin de ce livre), vous pourrez facilement en trouver. En particulier, pourquoi cette insistance sur l'histoire de Missouf ?*

9. *Imaginez d'autres exemples des caprices de Missouf, en vous inspirant de ceux que propose Voltaire dans les lignes 112 à 122.*

CHAPITRE DIX-SEPTIÈME

Les Combats

La reine avait été reçue à Babylone avec les transports qu'on a toujours pour une belle princesse qui a été malheureuse. Babylone alors paraissait être plus tranquille. Le prince d'Hyrcanie avait été tué dans un combat. Les Babyloniens, vainqueurs, déclarèrent qu'Astarté épouserait celui qu'on choisirait pour souverain. On ne voulut point que la première place du monde, qui serait celle de mari d'Astarté et de roi de Babylone, dépendît des intrigues et des cabales[1]. On jura de reconnaître pour roi le plus vaillant et le plus sage. Une grande lice[2] bordée d'amphithéâtres[3] magnifiquement ornés fut formée à quelques lieues de la ville. Les combattants devaient s'y rendre armés de toutes pièces. Chacun d'eux avait derrière les amphithéâtres un appartement séparé où il ne devait être vu ni connu de personne. Il fallait courir quatre lances[4]. Ceux qui seraient assez heureux pour vaincre quatre chevaliers devraient combattre ainsi les uns contre les autres; de façon que celui qui resterait le dernier maître du champ[5] serait proclamé le vainqueur des jeux. Il devait revenir quatre jours après, avec les mêmes armes, et expliquer les énigmes proposées par les mages•. S'il n'expliquait point les énigmes, il n'était point roi, et il fallait recommencer à courir des lances jusqu'à ce qu'on trouvât un homme qui fût vainqueur dans ces deux combats; car on voulait absolument pour roi le plus vaillant et le plus sage. La reine, pendant tout ce temps, devait être étroitement gardée :

---

1. *cabales* : complots, menées secrètes et subversives.
2. *une grande lice* : un grand cirque, une arène.
3. *amphithéâtres* : ici, les lieux où sont assis les spectateurs.
4. *courir quatre lances* : affronter quatre adversaires pour être admis en finale; *courir des lances* signifie *se précipiter lance en avant*, comme dans un tournoi.
5. *du champ* : du terrain des combats, de l'arène.

on lui permettait seulement d'assister aux jeux, couverte d'un voile ; mais on ne souffrait pas qu'elle parlât à aucun des prétendants, afin qu'il n'y eût ni faveur ni injustice.

Voilà ce qu'Astarté faisait savoir à son amant[1], espérant qu'il montrerait pour elle plus de valeur et d'esprit que personne. Il partit, et pria Vénus de fortifier son courage et d'éclairer son esprit. Il arriva sur le rivage de l'Euphrate la veille de ce grand jour. Il fit inscrire sa devise parmi celles des combattants, en cachant son visage et son nom, comme la loi l'ordonnait, et alla se reposer dans l'appartement qui lui échut par le sort. Son ami Cador, qui était revenu à Babylone après l'avoir inutilement cherché en Égypte, fit porter dans sa loge une armure complète que la reine lui envoyait. Il lui fit amener aussi de sa part le plus beau cheval de Perse. Zadig reconnut Astarté à ces présents : son courage et son amour en prirent de nouvelles forces et de nouvelles espérances.

Le lendemain, la reine étant venue se placer sous un dais de pierreries, et les amphithéâtres étant remplis de toutes les dames et de tous les ordres de Babylone, les combattants parurent dans le cirque. Chacun d'eux vint mettre sa devise aux pieds du grand mage•. On tira au sort les devises ; celle de Zadig fut la dernière. Le premier qui s'avança était un seigneur très riche, nommé Itobad, fort vain, peu courageux, très maladroit, et sans esprit. Ses domestiques l'avaient persuadé qu'un homme comme lui devait être roi ; il leur avait répondu : « Un homme comme moi doit régner. » Ainsi on l'avait armé de pied en cap. Il portait une armure d'or émaillée de vert, un panache vert, une lance ornée de rubans verts[2]. On s'aperçut d'abord[3], à la manière dont Itobad gouvernait son cheval, que ce n'était pas un homme comme lui à qui le Ciel réservait le sceptre de Babylone. Le premier

1. *à son amant* : à celui qui l'aime.
2. *verts* : le vert est la couleur des nouveaux chevaliers.
3. *d'abord* : tout de suite, dès l'abord.

cavalier qui courut contre lui le désarçonna ; le second le renversa sur la croupe de son cheval, les deux jambes en l'air et les bras étendus. Itobad se remit, mais de si mauvaise grâce que tout l'amphithéâtre se mit à rire. Un troisième ne daigna pas se servir de sa lance ; mais, en lui faisant une passe, il le prit par la jambe droite, et, lui faisant faire un demi-tour, il le fit tomber sur le sable ; les écuyers des jeux accoururent à lui en riant et le remirent en selle. Le quatrième combattant le prend par la jambe gauche, et le fait tomber de l'autre côté. On le conduisit avec des huées à sa loge, où il devait passer la nuit selon la loi ; et il disait en marchant à peine[1] : « Quelle aventure pour un homme comme moi ! »

Les autres chevaliers s'acquittèrent mieux de leur devoir. Il y en eut qui vainquirent deux combattants de suite ; quelques-uns allèrent jusqu'à trois. Il n'y eut que le prince Otame qui en vainquit quatre. Enfin Zadig combattit à son tour : il désarçonna quatre cavaliers de suite avec toute la grâce possible. Il fallut donc voir qui serait vainqueur d'Otame ou de Zadig. Le premier portait des armes bleues et or, avec un panache de même ; celles de Zadig étaient blanches. Tous les vœux se partageaient entre le cavalier bleu et le cavalier blanc. La reine, à qui le cœur palpitait, faisait des prières au Ciel pour la couleur blanche.

Les deux champions firent des passes et des voltes avec tant d'agilité, ils se donnèrent de si beaux coups de lance, ils étaient si fermes sur leurs arçons, que tout le monde, hors la reine, souhaitait qu'il y eût deux rois dans Babylone. Enfin, leurs chevaux étant lassés, et leurs lances rompues, Zadig usa de cette adresse : il passe derrière le prince bleu, s'élance sur la croupe de son cheval, le prend par le milieu du corps, le jette à terre, se met en selle à sa place et caracole[2] autour d'Otame étendu sur la place. Tout l'amphithéâtre crie : « Victoire au cavalier blanc ! ». Otame, indigné, se relève, tire son

1. *à peine* : péniblement, avec peine.
2. *caracole* : fait exécuter des demi-tours à son cheval.

épée ; Zadig saute de cheval, le sabre à la main. Les voilà tous deux sur l'arène, livrant un nouveau combat, où la force et l'agilité triomphent tour à tour. Les plumes de leur casque, les clous de leurs brassards, les mailles de leur armure sautent au loin sous mille coups précipités. Ils frappent de pointe et de taille, à droite, à gauche, sur la tête, sur la poitrine ; ils reculent, ils avancent, ils se mesurent, ils se rejoignent, ils se saisissent, ils se replient comme des serpents, ils s'attaquent comme des lions ; le feu jaillit à tout moment des coups qu'ils se portent. Enfin Zadig, ayant un moment reprit ses esprits, s'arrête, fait une feinte, passe sur Otame, le fait tomber, le désarme, et Otame s'écrie : « Ô chevalier blanc ! c'est vous qui devez régner sur Babylone. » La reine était au comble de la joie. On reconduisit le chevalier bleu et le chevalier blanc chacun à sa loge, ainsi que tous les autres, selon ce qui était porté par la loi. Des muets vinrent les servir et leur apporter à manger. On peut juger si le petit muet de la reine ne fut pas celui qui servit Zadig. Ensuite on les laissa dormir seuls jusqu'au lendemain matin, temps où le vainqueur devait apporter sa devise au grand mage* pour la confronter et se faire reconnaître.

Zadig dormit, quoique amoureux, tant il était fatigué. Itobad, qui était couché auprès de lui, ne dormit point. Il se leva pendant la nuit, entra dans la loge, prit les armes blanches de Zadig avec sa devise, et mit son armure verte à la place. Le point du jour étant venu, il alla fièrement au grand mage déclarer qu'un homme comme lui était vainqueur. On ne s'y attendait pas ; mais il fut proclamé pendant que Zadig dormait encore. Astarté, surprise et le désespoir dans le cœur, s'en retourna dans Babylone. Tout l'amphithéâtre était déjà presque vide lorsque Zadig s'éveilla ; il chercha ses armes, et ne trouva que cette armure verte. Il était obligé de s'en couvrir, n'ayant rien autre chose auprès de lui. Étonné et indigné, il les endosse avec fureur, il avance dans cet équipage.

Tout ce qui était encore sur l'amphithéâtre et dans le cirque le reçut avec des huées. On l'entourait ; on lui insultait[1] en face. Jamais homme n'essuya des mortifications[2] si humiliantes. La patience lui échappa ; il écarta à coups de sabre la populace qui osait l'outrager ; mais il ne savait quel parti prendre. Il ne pouvait voir la reine ; il ne pouvait réclamer l'armure blanche qu'elle lui avait envoyée : c'eût été la compromettre ; ainsi, tandis qu'elle était plongée dans la douleur, il était pénétré de fureur et d'inquiétude. Il se promenait sur les bords de l'Euphrate, persuadé que son étoile le destinait à être malheureux sans ressource, repassant dans son esprit toutes ses disgrâces, depuis l'aventure de la femme qui haïssait les borgnes jusqu'à celle de son armure. « Voilà ce que c'est, disait-il, de m'être éveillé trop tard ; si j'avais moins dormi, je serais roi de Babylone, je posséderais Astarté. Les sciences, les mœurs, le courage n'ont donc jamais servi qu'à mon infortune. » Il lui échappa enfin de murmurer contre la Providence, et il fut tenté de croire que tout était gouverné par une destinée cruelle qui opprimait les bons et qui faisait prospérer les chevaliers verts. Un de ses chagrins était de porter cette armure verte qui lui avait attiré tant de huées. Un marchand passa, il la lui vendit à vil prix, et prit du marchand une robe et un bonnet long[3]. Dans cet équipage, il côtoyait l'Euphrate, rempli de désespoir, et accusant en secret la Providence, qui le persécutait toujours.

1. *on lui insultait* : on le défiait, on le provoquait.
2. *mortifications* : vexations, humiliations.
3. *une robe et un bonnet long* : la gandoura et la chéchia, tenue traditionnelle des Orientaux.

Questions

Compréhension

1. *Que pensez-vous de la manière dont les Babyloniens ont décidé de désigner leur roi ? L'ordre des épreuves vous paraît-il bon ? Quelles qualités attendent-ils de celui qui épousera Astarté ?*

2. *Comment définir la personnalité d'Itobad ? Son caractère, ses propos (*« un homme comme moi »*) et son allure aident à le cerner, mais ils rappellent surtout un personnage précédent. Dans quelle mesure Itobad est-il un contraire de Zadig et s'oppose-t-il à lui en tous points ?*

3. *Les combats : dans l'affrontement, comme en toute chose, le style révèle l'homme. De quelles qualités Zadig fait-il preuve ? Pourquoi Otame rend-il les armes, finalement ?*

4. *Le renversement ultime : à quoi perçoit-on que ce cruel coup de théâtre supplémentaire conduit Zadig à saturation ? Comment réagit-il ? Se plaint-il seulement de la malignité d'Itobad ?*

Écriture / Réécriture

5. *Par quels procédés Voltaire fait-il de ce chapitre un morceau de bravoure, inspiré des romans chevaleresques ? Indiquez comment il maintient cependant la présence de l'Orient.*

6. *Étudiez ici l'art des descriptions, notamment celle des personnages en armure et celle des phases du combat.*

7. « Il fit inscrire sa devise » *: pouvez-vous proposer une devise et/ou un emblème qui conviendrait au chevalier Zadig ?*

Bilan

L'action

• Ce que nous savons

Petit à petit, le conteur renoue les fils de l'intrigue en faisant réapparaître les personnages initiaux. Par le jeu des rencontres, et grâce à des récits rétrospectifs, le lecteur saisit une continuité dans l'aventure du monde et il apprend ce que chacun est devenu (notamment Moabdar). À défaut de logique raisonnable, du moins se dessine une continuité, d'autant que les récits se recoupent (celui d'Arbogad, celui du pêcheur, celui d'Astarté). Même la destinée des personnages secondaires (comme Missouf) prend de l'importance pour la cohérence de la narration. Les retrouvailles avec Astarté semblent, dès lors, naturelles et nécessaires, malgré leur invraisemblance. Ainsi « tout grain de sable peut devenir diamant » *(XIV) et tout peut prendre sens : des événements distincts et éloignés finissent par s'inclure dans une unité. Zadig a sauvé la vie de Missouf. Il croyait en être bien mal récompensé. Mais c'est l'aventure de Missouf qui a favorisé la fuite d'Astarté. Cette fuite a permis à Moabdar de s'emparer d'Astarté, qui a pu ainsi la vendre à Ogul, lequel l'envoie dans une prairie où elle retrouve Zadig. Autrement dit, des accidents romanesques et épars, malgré leur apparente incohérence, prennent une signification globale, comme si une visée supérieure les guidait. Le monde obéit-il à un ordre, à une prédestination, ou bien suit-il le pur hasard, encore ?*

• À quoi nous attendre ?

1. *Le mot-clé a été lâché par Zadig,* « accusant en secret la Providence » *: mais comment pourrait-elle explicitement se manifester à un homme ?*

2. *Peut-on croire que la Providence* « persécutera toujours » *le héros ? Comment pouvons-nous, au contraire, interpréter cette apparente persécution ?*

Les personnages

• Ce que nous savons

Les déplacements du héros ont relancé l'intérêt et permis de rencontrer des conditions humaines différentes et fortement symboliques : un brigand à la fois cynique et généreux (XIV), un suicidaire (XV), un boulimique obèse et inactif (XVI), un vaniteux *ridicule mais d'une malhonnêteté nocive (XVI). Tous ces êtres doivent leur réussite ou leur échec aux bévues du sort ou à quelque hasard absurde. Le voleur Moabdar a conquis la fortune et un bonheur tranquille en piétinant toute morale. Le pauvre pêcheur a été conduit à la misère et au pire désespoir parce qu'un jour il a livré des fromages à Orcan. Le gras Ogul va changer de vie par l'heureux effet d'un petit ballon. Et c'est une couleur d'armure qui métamorphose un vaincu minable en futur roi. Mais Zadig évolue. Il ne se contente plus d'interroger égoïstement son destin. Il ne pleure plus seulement la souffrance d'Astarté. Il sympathise avec autrui, en étant associé à de nouvelles expériences. Il perçoit les effets de la solidarité (XV, premier paragraphe) et se fait consolateur. De même, il retrouve de la vigueur. Au lieu de subir, dans l'effarement ou le fatalisme*, les événements, il prend les armes (XVII) et gagne par ses propres ressources. Le dernier coup du sort (fin du chapitre XVII) provoque sa révolte mais non sa résignation. En dépit de cette adversité, son mouvement de reconquête, dans Babylone, ne paraît pas devoir s'arrêter pour si peu. Et l'on sait qu'Astarté ne se laissera pas faire non plus.*

• **À quoi nous attendre ?**

1. *S'il y a bien une Providence, malgré la dernière mésaventure de Zadig, vers quelle issue le lecteur peut-il imaginer que l'on s'achemine ? Que serait cette Providence si le conte finissait mal ?*

2. *Puisque tout le conte a pour trame l'amour de Zadig et d'Astarté, peut-on se figurer que la victoire usurpée d'Itobad soit définitive ?*

3. *La découverte que le malheur est le lot commun de tous les hommes et qu'il faut y répondre par la fraternité permet-elle de prévoir la leçon conclusive du conte ?*

CHAPITRE DIX-HUITIÈME

L'ERMITE

Il rencontra en marchant un ermite dont la barbe blanche et vénérable lui descendait jusqu'à la ceinture. Il tenait en main un livre qu'il lisait attentivement. Zadig s'arrêta, et lui fit une profonde inclination[1]. L'ermite le salua d'un air si noble et si doux que Zadig eut la curiosité de l'entretenir. Il lui demanda quel livre il lisait. « C'est le livre des destinées, dit l'ermite ; voulez-vous en lire quelque chose ? » Il mit le livre dans les mains de Zadig, qui, tout instruit qu'il était dans plusieurs langues, ne put déchiffrer un seul caractère du livre[2]. Cela redoubla encore sa curiosité. « Vous me paraissez bien chagrin, lui dit ce bon père. – Hélas ! que j'en ai sujet ! dit Zadig. – Si vous permettez que je vous accompagne, repartit le vieillard, peut-être vous serai-je utile : j'ai quelquefois répandu des sentiments de consolation dans l'âme des malheureux. » Zadig se sentit du respect pour l'air, pour la barbe et pour le livre de l'ermite. Il lui trouva dans la conversation des lumières supérieures. L'ermite parlait de la destinée, de la justice, de la morale, du souverain bien, de la faiblesse humaine, des vertus et des vices, avec une éloquence si vive et si touchante que Zadig se sentit entraîné vers lui par un charme invincible. Il le pria avec insistance de ne le point quitter jusqu'à ce qu'ils fussent de retour à Babylone. « Je vous demande moi-même cette grâce, lui dit le vieillard ; jurez-moi par Orosmade[3] que vous ne vous séparerez point de moi d'ici à quelques jours, quelque chose que je fasse. » Zadig jura, et ils partirent ensemble.

Les deux voyageurs arrivèrent le soir à un château

1. *inclination* : il se pencha respectueusement pour le saluer.
2. *livre* : comparez avec *Micromégas*, chapitre VII (1752).
3. *Orosmade* : principe du Bien, selon l'enseignement de Zoroastre.

superbe. L'ermite demanda l'hospitalité pour lui et pour le jeune homme qui l'accompagnait. Le portier, qu'on aurait pris pour un grand seigneur, les introduisit avec une espèce de bonté dédaigneuse. On les présenta à un principal domestique, qui leur fit voir les appartements magnifiques du maître. Ils furent admis à sa table, au bas bout, sans que le seigneur du château les honorât d'un regard ; mais ils furent servis comme les autres, avec délicatesse[1] et profusion. On leur donna ensuite à laver[2] dans un bassin d'or garni d'émeraudes et de rubis. On les mena coucher dans un bel appartement, et, le lendemain matin, un domestique leur apporta à chacun une pièce d'or, après quoi on les congédia[3].

« Le maître de la maison, dit Zadig en chemin, me paraît être un homme généreux, quoique un peu fier ; il exerce noblement l'hospitalité. » En disant ces paroles, il aperçut qu'une espèce de poche très large que portait l'ermite paraissait tendue et gonflée : il y vit le bassin d'or garni de pierreries, que celui-ci avait volé. Il n'osa d'abord en rien témoigner ; mais il était dans une étrange surprise.

Vers le midi l'ermite se présenta à la porte d'une maison très petite où logeait un riche avare ; il y demanda l'hospitalité pour quelques heures. Un vieux valet mal habillé le reçut d'un ton rude, et fit entrer l'ermite et Zadig dans l'écurie, où on leur donna quelques olives pourries, du mauvais pain et de la bière gâtée. L'ermite but et mangea d'un air aussi content que la veille ; puis, s'adressant à ce vieux valet, qui les observait tous deux pour voir s'ils ne volaient rien et qui les pressait de partir, il lui donna les deux pièces d'or qu'il avait reçues le matin et le remercia de toutes ses attentions. « Je vous prie, ajouta-t-il, faites-moi parler à votre maître. » Le valet, étonné, introduisit les deux voyageurs : « Magnifique[4] seigneur, dit l'ermite, je ne puis que vous rendre

1. *délicatesse* : raffinement.
2. *à laver* : de quoi se laver.
3. *congédia* : on leur fit comprendre qu'ils devaient partir.
4. *Magnifique* : à la fois fastueux et généreux.

de très humbles grâces de la manière noble dont vous nous avez reçus : daignez accepter ce bassin d'or comme un faible gage de ma reconnaissance. » L'avare fut près de tomber à la renverse. L'ermite ne lui donna pas le temps de revenir de son saisissement ; il partit au plus vite avec son jeune voyageur. « Mon père, lui dit Zadig, qu'est-ce que tout ce que je vois ? Vous me paraissez ressembler en rien aux autres hommes : vous volez un bassin d'or garni de pierreries à un seigneur qui vous reçoit magnifiquement, et vous le donnez à un avare qui vous traite avec indignité. – Mon fils, répondit le vieillard, cet homme magnifique, qui ne reçoit les étrangers que par vanité et pour faire admirer ses richesses, deviendra plus sage ; l'avare apprendra à exercer l'hospitalité : ne vous étonnez de rien, et suivez-moi. » Zadig ne savait encore s'il avait affaire au plus fou ou au plus sage de tous les hommes ; mais l'ermite parlait avec tant d'ascendant[1] que Zadig, lié d'ailleurs par son serment, ne put s'empêcher de le suivre.

Ils arrivèrent le soir à une maison agréablement bâtie, mais simple, où rien ne sentait ni la prodigalité ni l'avarice. Le maître était un philosophe retiré du monde, qui cultivait en paix la sagesse et la vertu [et qui cependant ne s'ennuyait pas][2]. Il s'était plu à bâtir cette retraite, dans laquelle il recevait les étrangers avec une noblesse qui n'avait rien de l'ostentation. Il alla lui-même audevant des deux voyageurs, qu'il fit reposer d'abord dans un appartement commode. Quelques temps après, il les vint prendre lui-même pour les inviter à un repas propre et bien entendu[3], pendant lequel il parla avec discrétion des dernières révolutions de Babylone. Il parut sincèrement attaché à la reine, et souhaita que Zadig eût paru dans la lice pour disputer la couronne. « Mais les hommes, ajouta-t-il, ne méritent pas d'avoir un roi comme Zadig. » Celui-ci rougissait et sentait

1. *d'ascendant* : d'autorité et de prestance.
2. *[et qui cependant ne s'ennuyait pas]* : addition de 1756.
3. *entendu* : convenable et bien conçu.

redoubler ses douleurs. On convint dans la conversation que les choses de ce monde n'allaient pas toujours au gré des plus sages. L'ermite soutint toujours qu'on ne connaissait pas les voies de la Providence, et que les hommes avaient tort de juger d'un tout dont ils n'apercevaient que la plus petite partie[1].

[On parla des passions. « Ah ! qu'elles sont funestes ! disait Zadig. – Ce sont les vents qui enflent les voiles du vaisseau, repartit l'ermite ; elles le submergent quelquefois ; mais sans elles il ne pourrait voguer. La bile[2] rend colère et malade ; mais sans la bile l'homme ne saurait vivre. Tout est dangereux ici-bas, et tout est nécessaire. »

On parla du plaisir, et l'ermite prouva que c'est un présent de la Divinité : « Car, dit-il, l'homme ne peut se donner ni sensations ni idées, il reçoit tout ; la peine et le plaisir lui viennent d'ailleurs, comme son être[3]. »

Zadig admirait comment un homme qui avait fait des choses si extravagantes pouvait raisonner si bien.][4] Enfin, après un entretien aussi instructif qu'agréable, l'hôte reconduisit ses deux voyageurs dans leur appartement, en bénissant le Ciel qui lui avait envoyé deux hommes si sages et si vertueux. Il leur offrit de l'argent d'une manière aisée et noble qui ne pouvait déplaire. L'ermite le refusa, et lui dit qu'il prenait congé de lui, comptant partir pour Babylone avant le jour. Leur séparation fut tendre ; Zadig surtout se sentait plein d'estime et d'inclination pour un homme si aimable.

Quand l'ermite et lui furent dans leur appartement, ils firent longtemps l'éloge de leur hôte. Le vieillard au point du jour éveilla son camarade. « Il faut partir, dit-il ; mais, tandis que tout le monde dort encore, je veux laisser à cet homme un témoignage de mon estime et de mon affection. » En disant ces mots, il prit un flambeau, et mit le feu à la maison. Zadig, épouvanté, jeta des cris, et voulut l'empêcher de commettre une action si

1. *la plus petite partie* : résumé d'un aspect essentiel de la théorie de Leibniz.
2. *bile* : une des quatre « humeurs », selon la médecine ancienne.
3. *être* : formules inspirées de *De la recherche de la vérité* de Malebranche (1674).
4. *[On parla (...) si bien.]* : ce passage a été ajouté en 1748.

affreuse. L'ermite l'entraînait par une force supérieure ; la maison était enflammée. L'ermite, qui était déjà assez loin avec son compagnon, la regarda brûler tranquillement. « Dieu merci ! dit-il, voilà la maison de mon cher hôte détruite de fond en comble ! L'heureux homme ! » À ces mots Zadig fut tenté à la fois d'éclater de rire, de dire des injures au révérend père, de le battre, et de s'enfuir, mais il ne fit rien de tout cela, et, toujours subjugué par l'ascendant de l'ermite, il le suivit malgré lui à la dernière couchée[1].

Ce fut chez une veuve charitable et vertueuse qui avait un neveu de quatorze ans, plein d'agréments et son unique espérance. Elle fit du mieux qu'elle put les honneurs de sa maison. Le lendemain, elle ordonna à son neveu d'accompagner les voyageurs jusqu'à un pont qui, étant rompu depuis peu, était devenu un passage dangereux. Le jeune homme, empressé, marche au-devant d'eux. Quand ils furent sur le pont : « Venez, dit l'ermite au jeune homme, il faut que je marque ma reconnaissance à votre tante. » Il le prend alors par les cheveux et le jette dans la rivière. L'enfant tombe, reparaît un moment sur l'eau, et est engouffré dans le torrent. « Ô monstre ! ô le plus scélérat de tous les hommes ! s'écria Zadig. – Vous m'aviez promis plus de patience, lui dit l'ermite en l'interrompant : apprenez que, sous les ruines de cette maison où la Providence a mis le feu, le maître a trouvé un trésor immense ; apprenez que ce jeune homme, dont la Providence a tordu le cou, aurait assassiné sa tante dans un an, et vous dans deux. – Qui te l'a dit, barbare ? cria Zadig ; et quand tu aurais lu cet événement dans ton livre des destinées, t'est-il permis de noyer un enfant qui ne t'a point fait de mal ? »

Tandis que le Babylonien parlait, il aperçut que le vieillard n'avait plus de barbe, que son visage prenait les traits de la jeunesse. Son habit d'ermite disparut ; quatre belles ailes couvraient son corps majestueux et resplendissant de lumière. « Ô envoyé du Ciel ! ô ange divin !

1. *dernière couchée* : étape d'un voyage, endroit où l'on s'arrête pour dormir.

s'écria Zadig en se prosternant, tu es donc descendu de l'empyrée[1] pour apprendre à un faible mortel à se soumettre aux ordres éternels ? – Les hommes, dit l'ange Jesrad[2], jugent de tout sans rien connaître : tu étais celui de tous les hommes qui méritait le plus d'être éclairé. » Zadig lui demanda la permission de parler. « Je me défie de moi-même, dit-il ; mais oserai-je te prier de m'éclaircir un doute : ne vaudrait-il pas mieux avoir corrigé cet enfant, et l'avoir rendu vertueux, que de le noyer ? » Jesrad reprit : « S'il avait été vertueux, et s'il eût vécu, son destin était d'être assassiné lui-même avec la femme qu'il devait épouser, et le fils qui en devait naître. – Mais quoi ! dit Zadig, il est donc nécessaire qu'il y ait des crimes et des malheurs, et les malheurs tombent sur les gens de bien ? – Les méchants, répondit Jesrad, sont toujours malheureux : ils servent à éprouver un petit nombre de justes répandus sur la terre, et il n'y a point de mal dont il ne naisse un bien[3]. – Mais, dit Zadig, s'il n'y avait que du bien, et point de mal ? – Alors, reprit Jesrad, cette terre serait une autre terre ; l'enchaînement des événements serait un autre ordre de sagesse ; et cet autre ordre, qui serait parfait, ne peut être que dans la demeure éternelle de l'Être suprême, de qui le mal ne peut approcher. Il a créé des millions de mondes dont aucun ne peut ressembler à l'autre. Cette immense variété est un attribut de sa puissance immense. Il n'y a ni deux feuilles d'arbre sur la terre, ni deux globes dans les champs infinis du ciel, qui soient semblables ; et tout ce que tu vois sur le petit atome où tu es né devait être dans sa place et dans son temps fixe, selon les ordres immuables de celui qui embrasse tout. Les hommes pensent que cet enfant qui vient de périr est tombé dans l'eau par hasard, que c'est par un même hasard que cette maison est brûlée ; mais il n'y a point de hasard : tout est épreuve, ou punition, ou récompense, ou pré-

1. *empyrée* : partie supérieure des cieux, où séjournent les divinités.
2. *Jesrad* : ange du Bien, dont le nom perse signifie *envoyé de Dieu*.
3. *bien* : autre théorie importante soutenue par Leibniz.

voyance. Souviens-toi de ce pêcheur qui se croyait le plus malheureux de tous les hommes. Orosmade• t'a envoyé pour changer sa destinée. Faible mortel, cesse de disputer[1] contre ce qu'il faut adorer. – Mais, dit Zadig... » Comme il disait *mais*, l'ange prenait déjà son vol vers la dixième sphère[2]. Zadig, à genoux, adora la Providence, et se soumit. L'ange lui cria du haut des airs : « Prends ton chemin vers Babylone. »

Gravure de Gaujean illustrant Zadig *(B.N., 1893).*

1. *disputer* : discuter.
2. *dixième sphère* : la plus haute et la dernière des dix sphères qui composent l'univers, selon le système de Ptolémée ; cf. chapitre XVI, note 1, p. 102.

Questions

Compréhension

1. *Comment est ménagée d'emblée l'impression que l'on entre dans un chapitre différent des autres ?*

2. *De quelle façon définir l'apparence et le comportement de l'ermite ? Que penser des réactions et des sentiments de Zadig face à cet être étrange ? Pourquoi subit-il son* « ascendant » *et accepte-t-il de le suivre et de se taire ?*

3. *Comparez les deux premières étapes de leur voyage (le* « château superbe » *et la* « maison très petite » *de l'avare) : relevez les contrastes, en observant le temps, les lieux, la situation, les personnages, le ton du récit lui-même, etc.*

4. *La rencontre avec le* « philosophe retiré du monde ». *Quel aspect de l'idéal voltairien ce personnage incarne-t-il ? Que pensez-vous des arguments que l'ermite lui oppose, au cours de leur conversation ? Expliquez la réaction de Zadig, après que l'ermite a mis le feu à cette maison hospitalière.*

5. *L'épisode de la* « veuve charitable » *et de son neveu : en restant attentif aux détails et à la brièveté du récit, dans quelle mesure vient-on d'atteindre une dramatisation presque insupportable ? Qu'est-ce qui motive l'indignation de Zadig, ici ?*

6. *La transformation de l'ermite en ange : prouvez que l'intervention du surnaturel était devenue nécessaire et que le conteur l'avait préparée. Précisez les conceptions de Jesrad sur les destinées ? Y souscrivez-vous ?*

7. *Pourquoi Zadig se prosterne-t-il aussitôt ? Vous donne-t-il l'impression d'être convaincu et de se soumettre à la parole de l'ange Jesrad ? Justifiez l'importance de ses quatre* « mais ». *Pourquoi l'ange ne répond-il plus et s'envole-t-il en silence ?*

Écriture / Réécriture

8. *Pourquoi le conte ne s'arrête-t-il pas sur cette dernière rencontre qui, sur le plan des idées, apporte une sorte de dénouement ?*

9. *Vous étudierez le style et l'art du conteur dans ce chapitre, en vous intéressant notamment : à la progression des divers épisodes ; aux effets de surprises et de contrastes ; à l'emploi du pittoresque* et de la fiction orientale ; au recours au merveilleux ; aux formes de l'humour, voire de l'humour noir.*

10. *Comparez la conception de la Providence selon Voltaire à celle que Rousseau exprimera à travers la « Profession de foi d'un vicaire savoyard », dans* Émile. *Aidez-vous du dossier thématique, à la fin de ce livre, pour orienter votre étude et enrichir vos idées sur cette question difficile.*

11. « [...] une bonté dédaigneuse » : *expliquez le fonctionnement de cette formule et proposez des expressions comparablement formées.*

Scène de chasse, *miniature persane.*
Paris, Bibliothèque Nationale.

CHAPITRE DIX-NEUVIÈME

Les Énigmes

Zadig, hors de lui-même et comme un homme auprès de qui est tombé le tonnerre, marchait au hasard. Il entra dans Babylone le jour où ceux qui avaient combattu dans la lice[1] étaient déjà assemblés dans le grand vestibule du palais pour expliquer les énigmes, et pour répondre aux questions du grand mage•. Tous les chevaliers étaient arrivés, excepté l'armure verte. Dès que Zadig parut dans la ville, le peuple s'assembla autour de lui ; les yeux ne se rassasiaient point de le voir, les bouches de le bénir, les cœurs de lui souhaiter l'empire. L'Envieux le vit passer, frémit, et se détourna ; le peuple le porta jusqu'au lieu de l'assemblée. La reine, à qui on apprit son arrivée, fut en proie à l'agitation de la crainte et de l'espérance ; l'inquiétude la dévorait : elle ne pouvait comprendre ni pourquoi Zadig était sans armes, ni comment Itobad portait l'armure blanche. Un murmure confus s'éleva à la vue de Zadig. On était surpris et charmé de le revoir ; mais il n'était permis qu'aux chevaliers qui avaient combattu de paraître dans l'assemblée.

« J'ai combattu comme un autre, dit-il ; mais un autre porte ici mes armes ; et, en attendant que j'aie l'honneur de le prouver, je demande la permission de me présenter pour expliquer les énigmes. » On alla aux voix[2] : sa réputation de probité était encore si fortement imprimée dans les esprits qu'on ne balança pas[3] à l'admettre.

Le grand mage proposa d'abord cette question :

« Quelle est de toutes les choses du monde la plus longue et la plus courte, la plus prompte et la plus lente, la plus divisible et la plus étendue, la plus négligée et la

1. *lice* : le cirque, l'arène.
2. *on alla aux voix* : on vota.
3. *ne balança pas* : n'hésita pas.

plus regrettée, sans qui rien ne peut se faire, qui dévore tout ce qui est petit, et qui vivifie tout ce qui est grand ? »

C'était à Itobad à parler. Il répondit qu'un homme comme lui n'entendait rien aux énigmes, et qu'il suffisait d'avoir vaincu à grands coups de lance. Les uns dirent que le mot de l'énigme était la fortune, d'autres la terre, d'autres la lumière. Zadig dit que c'était le temps. « Rien n'est plus long, ajouta-t-il, puisqu'il est la mesure de l'éternité ; rien de plus court, puisqu'il manque à tous nos projets ; rien n'est plus lent pour qui attend ; rien de plus rapide pour qui jouit ; il s'étend jusqu'à l'infini en grand ; il se divise jusque dans l'infini en petit ; tous les hommes le négligent, tous en regrettent la perte ; rien ne se fait sans lui ; il fait oublier tout ce qui est indigne de la postérité, et il immortalise les grandes choses. » L'assemblée convint que Zadig avait raison.

[On demanda ensuite : « Quelle est la chose qu'on reçoit sans remercier, dont on jouit sans savoir comment, qu'on donne aux autres quand on ne sait où l'on en est, et qu'on perd sans s'en apercevoir ? »

Chacun dit son mot. Zadig devina seul que c'était la vie.][1] Il expliqua toutes les autres énigmes avec la même facilité. Itobad disait toujours que rien n'était plus aisé, et qu'il en serait venu à bout tout aussi facilement s'il avait voulu s'en donner la peine. On proposa des questions sur la justice, sur le souverain bien, sur l'art de régner. Les réponses de Zadig furent jugées les plus solides. « C'est bien dommage, disait-on, qu'un si bon esprit soit un si mauvais cavalier.

– Illustres seigneurs, dit Zadig, j'ai eu l'honneur de vaincre dans la lice. C'est à moi qu'appartient l'armure blanche. Le seigneur Itobad s'en empara pendant mon sommeil : il jugea apparemment qu'elle lui siérait mieux que la verte. Je suis prêt de[2] lui prouver d'abord devant vous, avec ma robe et mon épée, contre toute cette belle

1. *[On demanda (...) la vie.]* : passage ajouté en 1748.
2. *je suis prêt de* : je suis disposé à.

armure blanche qu'il m'a prise, que c'est moi qui ai eu l'honneur de vaincre le brave Otame. »

Itobad accepta le défi avec la plus grande confiance. Il ne doutait pas qu'étant casqué, cuirassé, brassardé, il ne vînt aisément à bout d'un champion en bonnet de nuit et en robe de chambre. Zadig tira son épée, en saluant la reine, qui le regardait, pénétrée de joie et de crainte. Itobad tira la sienne, en ne saluant personne. Il s'avança sur Zadig comme un homme qui n'avait rien à craindre. Il était prêt à lui fendre la tête. Zadig sut parer le coup, en opposant ce qu'on appelle le fort de l'épée au faible[1] de son adversaire, de façon que l'épée d'Itobad se rompît. Alors Zadig, saisissant son ennemi au corps, le renversa par terre ; et, lui portant la pointe de son épée au défaut de la cuirasse : « Laissez-vous désarmer, dit-il, ou je vous tue. » Itobad, toujours surpris des disgrâces qui arrivaient à un homme comme lui, laissa faire Zadig, qui lui ôta paisiblement son magnifique casque, sa superbe cuirasse, ses beaux brassards, ses brillants cuissards, s'en revêtit, et courut, dans cet équipage, se jeter aux genoux d'Astarté. Cador prouva aisément que l'armure appartenait à Zadig. Il fut reconnu roi d'un consentement unanime, et surtout de celui d'Astarté, qui goûtait, après tant d'adversités, la douceur de voir son amant[2] digne aux yeux de l'univers d'être son époux. Itobad alla se faire appeler monseigneur dans sa maison. Zadig fut roi, et fut heureux. Il avait présent à l'esprit ce que lui avait dit l'ange Jesrad. Il se souvenait même du grain de sable devenu diamant[3]. La reine et lui adorèrent la Providence. Zadig laissa la belle capricieuse Missouf courir le monde. Il envoya chercher le brigand Arbogad, auquel il donna un grade honorable dans son armée, avec promesse de l'avancer aux premières dignités s'il se comportait en vrai guerrier, et de le faire pendre s'il faisait le métier de brigand.

1. *faible* : le premier tiers de l'épée à partir de la garde est le *fort*, le *faible* étant constitué par les deux tiers du côté de la pointe.
2. *amant* : celui qui l'aime, son prétendant.
3. *diamant* : cf. chapitre XIV, p. 88.

Sétoc fut appelé du fond de l'Arabie, avec la belle Almona, pour être à la tête du commerce de Babylone. Cador fut placé et chéri selon ses services ; [il fut l'ami du roi, et le roi fut alors le seul monarque de la terre qui eût un ami. Le petit muet ne fut pas oublié. On donna une belle maison au pêcheur. Orcan fut condamné à lui payer une grosse somme et à lui rendre sa femme ; mais le pêcheur, devenu sage, ne prit que l'argent.][1]

Ni la belle Sémire ne se consolait d'avoir cru que Zadig serait borgne, ni Azora ne cessait de pleurer d'avoir voulu lui couper le nez. Il adoucit leurs douleurs par des présents. L'Envieux mourut de rage et de honte. L'empire jouit de la paix, de la gloire et de l'abondance ; ce fut le plus beau siècle de la terre : elle était gouvernée par la justice et par l'amour. On bénissait Zadig, et Zadig bénissait le Ciel[2].

*
* *

[Les deux chapitres suivants furent vraisemblablement écrits par Voltaire à Berlin. Pour des raisons inconnues, ils ne furent jamais insérés dans le conte. Ils ont été publiés pour la première fois dans l'édition posthume de Kehl (1785), où ils portaient les numéros XIV et XV.]

1. *[il fut l'ami (...) l'argent.]* : addition de 1748.
2. *Ciel* : *« C'est ici que finit le manuscrit qu'on a retrouvé de l'histoire de Zadig. On sait qu'il a essuyé bien d'autres aventures qui ont été fidèlement écrites. On prie messieurs les interprètes des langues orientales de les communiquer si elles parviennent jusqu'à eux. »* (Note de Voltaire)

Questions

Compréhension

1. *Définissez l'état d'esprit du héros quand il entre dans Babylone. Comment interpréter les réactions de ceux qui le voient apparaître ?*

2. *Les énigmes : quels rapports entretiennent-elles avec l'ensemble du conte ? Pourquoi Zadig les résout-il si facilement ? Ne peut-on pas dire de toutes les expériences précédentes de Zadig qu'elles le préparaient à y répondre ? Pourquoi l'auteur ne cite-t-il pas toutes les énigmes proposées ?*

3. *Le personnage d'Itobad est, une fois encore, caricaturé et ridiculisé. Quel est son défaut majeur, et pourquoi Voltaire le prend-il pour cible privilégiée ?*

4. *Montrez que le combat entre Zadig et Itobad reflète leurs caractères et leur manière de concevoir le monde. Expliquez le symbolisme selon lequel l'armure du vainqueur doit être blanche.*

5. *Le bilan de Zadig, à la fin, confirme-t-il la théorie exprimée par l'ange Jesrad ?*

Écriture / Réécriture

6. *Étudiez le recours au comique dans ce chapitre, notamment à travers Itobad.*

7. *Dans quelle mesure les dernières lignes s'inspirent-elles jusqu'à la parodie* des conclusions obligées propres aux contes de fée ?*

8. *Imaginez d'autres énigmes, sur le modèle de celles qui sont proposées à Zadig par les mages.*

Bilan

L'action

- **Ce que nous savons**

Après les retrouvailles avec Astarté, replacée sur le trône de Babylone, le lecteur pouvait imaginer une fin heureuse et proche. Les deux amoureux sont réunis sans qu'aucun motif prévisible puisse, objectivement, les séparer désormais. Zadig, sous son armure blanche de beau chevalier sauveur, n'a plus qu'à affronter des rivaux faciles à vaincre (XVII). Tout sera alors pour le mieux dans le meilleur des mondes possibles. Le retournement scandaleux de la fin des combats (fin du chapitre XVII) paraît, dès lors, inadmissible, comme si un trop-plein d'absurdités le rendait insupportable. Le lecteur, comme Zadig, a envie de « murmurer contre la Providence ». *Il ne s'agit plus seulement de constater les dysfonctionnements du sort, mais de dénoncer la perversion des volontés du Ciel, malveillantes et nocives. On est dans l'impasse et on frôle le tragique. L'apparition miraculeuse de l'ermite dénoue cette crise, au moment où elle atteint son paroxysme (XVIII). Elle apporte une explication définitive, avant l'inévitable* happy end *du chapitre final.*
La révélation de l'ange Jesrad exprime une idée assez simple : l'homme, être éphémère et limité, n'a pas assez de recul pour interpréter les desseins de Dieu. Il n'en a que des visions partielles. Mais l'univers est régi par une volonté supérieure et bienveillante, la Providence. Elle sait l'avenir et veille sur l'ordre des choses. Ce que nous appelons le mal est un ingrédient nécessaire à la manifestation du bien général : « Il n'est pas de mal dont il ne naisse un bien. » *L'homme, impuissant à comprendre le Tout et son destin, doit se soumettre à la volonté toute-puissante de Dieu et lui faire confiance.*

Les personnages

- **Ce que nous savons**

Zadig n'admet pas facilement la révélation mystérieuse apportée par Jesrad. Sa raison résiste à se soumettre. Il discute. Il oppose encore un « mais... » *à l'ange, qui, cessant tout dialogue et prenant son envol silencieux, lui intime l'ordre de retourner à Babylone. Or Zadig n'a pas tort de vouloir être entendu. Le conte a montré que l'action des hommes n'est pas inutile. À l'intérieur de l'ordre général de l'univers – espace immense et travaillé par des forces multiples – chaque individu a une liberté relative. Chacun de nous possède un talent propre, un caractère, une ambition, une place dans la société humaine. Notre action n'est jamais pur néant. Les dernières lignes du conte semblent affirmer avec force ce principe concret (XIX), puisqu'un* «bon roi» *apporte à son empire* «paix», *la* «gloire» *et* «l'abondance». *On peut alors penser que la divinité n'y est pour rien. En tout cas, Voltaire n'en doute pas : espérer en la Providence est moins efficace que croire en la civilisation. C'est d'abord aux hommes de créer des conditions morales et politiques qui atténuent le malheur de ce bas monde.*

Savant apprenant à lire à des enfants. *Recueil de biographies de savants et de mystiques par le prince Tunauride, sultan Hoseni Baikava (XVIe siècle), pris en Égypte par Bonaparte et donné par lui à la Bibliothèque Nationale.*

La Danse

Sétoc devait aller, pour les affaires de son commerce, dans l'île de Serendib[1] ; mais le premier mois de son mariage, qui est, comme on sait[2], la lune de miel, ne lui permettait ni de quitter sa femme, ni de croire qu'il pût jamais la quitter : il pria son ami Zadig de faire pour lui le voyage. « Hélas ! disait Zadig, faut-il que je mette encore un plus vaste espace entre la belle Astarté et moi ? Mais il faut servir mes bienfaiteurs. » Il dit, il pleura, et il partit.

Il ne fut pas longtemps dans l'île de Serendib sans y être regardé comme un homme extraordinaire. Il devint l'arbitre de tous les différends entre les négociants, l'ami des sages, le conseil[3] du petit nombre de gens qui prennent conseil. Le roi voulut le voir et l'entendre. Il connut bientôt tout ce que valait Zadig ; il eut confiance en sa sagesse, et en fit son ami. La familiarité et l'estime du roi firent trembler Zadig. Il était nuit et jour pénétré du malheur que lui avaient attiré les bontés de Moabdar. « Je plais au roi, disait-il ; ne serai-je pas perdu ? » Cependant il ne pouvait se dérober aux caresses de Sa Majesté : car il faut avouer que Nabussan, roi de Serendib, fils de Nussanab, fils de Nabassun, fils de Sanbusna, était un des meilleurs princes de l'Asie, et que, quand on lui parlait, il était difficile de ne le pas aimer.

Ce bon prince était toujours loué, trompé et volé : c'était à qui pillerait ses trésors. Le receveur général[4] de l'île de Serendib donnait toujours cet exemple, fidèlement suivi par les autres. Le roi le savait : il avait changé de trésorier plusieurs fois ; mais il n'avait pu changer la mode établie de partager les revenus du roi en deux moitiés inégales, dont la plus petite revenait toujours à Sa Majesté, et la plus grosse aux administrateurs.

Le roi Nabussan confia sa peine au sage Zadig. « Vous

---

1. *Serendib* : Ceylan.
2. *comme on sait* : cf. le début du chapitre III.
3. *conseil* : conseiller.
4. *receveur général* : collecteur des impôts.

qui savez tant de belles choses, lui dit-il, ne sauriez-vous point le moyen de me faire trouver un trésorier qui ne me vole point ? – Assurément, répondit Zadig, je sais une façon infaillible de vous donner un homme qui ait les mains nettes. » Le roi, charmé, lui demanda en l'embrassant comment il fallait s'y prendre. « Il n'y a, dit Zadig, qu'à faire danser tous ceux qui se présenteront pour la dignité de trésorier, et celui qui dansera avec le plus de légèreté sera infailliblement le plus honnête homme. – Vous vous moquez, dit le roi ; voilà une plaisante façon de choisir un receveur de mes finances. Quoi ! vous prétendez que celui qui fera le mieux un entrechat[1] sera le financier le plus intègre et le plus habile ? – Je ne vous réponds pas qu'il sera le plus habile, repartit Zadig ; mais je vous assure que ce sera indubitablement le plus honnête homme. » Zadig parlait avec tant de confiance que le roi crut qu'il avait quelque secret surnaturel pour connaître les financiers. « Je n'aime pas le surnaturel, dit Zadig ; les gens et les livres à prodiges[2] m'ont toujours déplu : si Votre Majesté veut me laisser faire l'épreuve que je lui propose, elle sera bien convaincue que mon secret est la chose la plus simple et la plus aisée. » Nabussan, roi de Serendib, fut bien plus étonné d'entendre que ce secret était simple que si on le lui avait donné pour un miracle. « Or bien, dit-il, faites comme vous l'entendrez. – Laissez-moi faire, dit Zadig, vous gagnerez à cette épreuve plus que vous ne pensez. » Le jour même il fit publier, au nom du roi, que tous ceux qui prétendaient à l'emploi du haut receveur des deniers de Sa Gracieuse Majesté Nabussan, fils de Nussanab, eussent à se rendre, en habits de soie légère, le premier de la lune du crocodile, dans l'antichambre du roi. Ils s'y rendirent au nombre de soixante et quatre. On avait fait venir des violons[3] dans un salon voisin ; tout était préparé pour le bal ; mais la porte de ce

1. *entrechat* : saut du danseur, avec un battement de pieds.
2. *livres à prodiges* : livres contenant des histoires magiques ou surnaturelles.
3. *violons* : joueurs de violons (anachronisme volontaire).

salon était fermée, et il fallait, pour y entrer, passer par une petite galerie assez obscure. Un huissier vint chercher et introduire chaque candidat, l'un après l'autre, par ce passage dans lequel on le laissait seul quelques minutes. Le roi, qui avait le mot[1], avait étalé tous ses trésors dans cette galerie. Lorsque tous les prétendants furent arrivés dans le salon, Sa Majesté ordonna qu'on les fît danser. Jamais on ne dansa plus pesamment et avec moins de grâce; ils avaient tous la tête baissée, les reins courbés, les mains collées à leurs côtés. « Quels fripons ! » disait tout bas Zadig. Un seul d'entre eux formait des pas avec agilité, la tête haute, le regard assuré, les bras étendus, le corps droit, le jarret ferme. « Ah ! l'honnête homme ! le brave homme ! » disait Zadig. Le roi embrassa ce bon danseur, le déclara trésorier, et tous les autres furent punis et taxés[2] avec la plus grande justice du monde : car chacun, dans le temps qu'il avait été dans la galerie, avait rempli ses poches et pouvait à peine marcher. Le roi fut fâché pour la nature humaine que de ces soixante et quatre danseurs il y eût soixante et trois filous. La galerie obscure fut appelée le corridor de la tentation. On aurait, en Perse, empalé ces soixante et trois seigneurs; en d'autres pays, on eût fait une chambre de justice[3] qui eût consommé en frais le triple de l'argent volé, et qui n'eût rien remis dans les coffres du souverain; dans un autre royaume, ils se seraient pleinement justifiés, et auraient fait disgracier ce danseur si léger : à Serendib, ils ne furent condamnés qu'à augmenter le trésor public, car Nabussan était fort indulgent.

Il était aussi fort reconnaissant; il donna à Zadig une somme d'argent plus considérable qu'aucun trésorier n'en avait jamais volé au roi son maître. Zadig s'en servit pour envoyer des exprès[4] à Babylone, qui devaient l'in-

1. *qui avait le mot* : qui était de connivence, qui savait le fin mot de l'affaire.
2. *taxés* : frappés d'une amende.
3. *on eût fait une chambre de justice* : on aurait convoqué un tribunal pour enquêter et juger.
4. *exprès* : messagers.

former de la destinée d'Astarté. Sa voix trembla en donnant cet ordre, son sang reflua vers son cœur, ses yeux se couvrirent de ténèbres, son âme fut prête à l'abandonner. Le courrier partit, Zadig le vit embarquer ; il rentra chez le roi, ne voyant personne, croyant être dans sa chambre, et prononçant le nom d'amour. « Ah ! l'amour, dit le roi, est précisément ce dont il s'agit ; vous avez deviné ce qui fait ma peine. Que vous êtes un grand homme ! J'espère que vous m'apprendrez à connaître une femme à toute épreuve, comme vous m'avez fait trouver un trésorier désintéressé. » Zadig, ayant repris ses sens, lui promit de le servir en amour comme en finance, quoique la chose parût plus difficile encore.

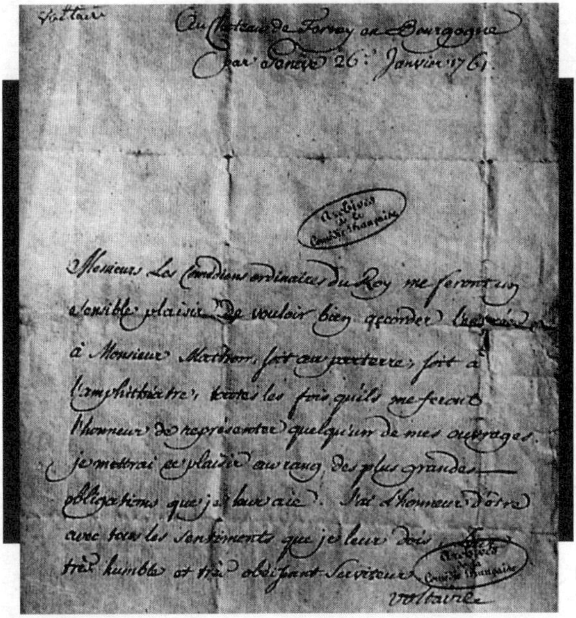
Voltaire

Au Château de Ferney en Bourgogne
par Genève 26e Janvier 1761.

Archives de la Comédie-Française

Messieurs les Comédiens ordinaires du Roy me feront un sensible plaisir de vouloir bien accorder l'entrée à Monsieur Mathon, soit au parterre, soit à l'amphithéâtre, toutes les fois qu'ils me feront l'honneur de représenter quelqu'un de mes ouvrages. je mettrai ce plaisir au rang des plus grandes obligations que je leur aie. J'ai l'honneur d'être avec tous les sentiments que je leur dois très humble et très obéissant serviteur

Archives de la Comédie-Française

Voltaire

Lettre de Voltaire aux comédiens ordinaires du Roy, datée du 26 janvier 1761, château de Ferney (archives de la Comédie-Française).

Questions

Compréhension

1. *Le roi Nabussan est-il un bon souverain ? Essayez de préciser son caractère et de discerner ses faiblesses.*

2. *Résumez la satire du monde de la cour et des* « financiers ». *Ce thème paraissait banal à l'époque – et il était bien d'actualité. De quelle façon ce chapitre arrive-t-il à le renouveler et à nous y intéresser ?*

3. *Relevez les critiques adressées à la justice et au surnaturel. Dans quels autres chapitres du conte a-t-on trouvé des idées comparables ?*

4. *Pourquoi revient-on, à la fin, au thème de l'amour ?*

Écriture / Réécriture

5. *Comment le conteur entretient-il l'énigme ? À quel moment le lecteur comprend-il le fin mot de l'affaire ?*

6. *Relevez les termes et les descriptions qui créent une impression de couleur locale.*

7. *À quoi reconnaît-on que Zadig est bien le porte-parole de l'auteur dans la fiction ?*

8. *L'humour* et la raillerie : indiquez-en, à l'aide d'exemples, des figures et des procédés.*

9. *Nabussan, Nussanab, Nabassun, Sanbusna sont des anagrammes. Essayez de créer à votre tour des anagrammes à partir d'autres noms parmi ceux des personnages qui apparaissent dans* Zadig.

« Le corps et le cœur », dit le roi à Zadig... À ces mots, le Babylonien ne put s'empêcher d'interrompre sa Majesté. « Que je vous sais bon gré, dit-il, de n'avoir point dit l'esprit et le cœur ! car on n'entend que ces mots dans les conversations de Babylone ; on ne voit que des livres où il est question du cœur et de l'esprit composés par des gens qui n'ont ni l'un ni l'autre ; mais, de grâce, Sire, poursuivez. » Nabussan continua ainsi : « Le corps et le cœur sont chez moi destinés à aimer ; la première de ces deux puissances a tout lieu d'être satisfaite. J'ai ici cent femmes à mon service, toutes belles, complaisantes, prévenantes, voluptueuses même, ou feignant de l'être avec moi. Mon cœur n'est pas à beaucoup près si heureux. Je n'ai que trop éprouvé qu'on caresse beaucoup le roi de Serendib, et qu'on se soucie fort peu de Nabussan. Ce n'est pas que je croie mes femmes infidèles ; mais je voudrais trouver une âme qui fût à moi ; je donnerais pour un pareil trésor les cent beautés dont je possède les charmes : voyez si, sur ces cent sultanes, vous pouvez m'en trouver une dont je sois sûr d'être aimé. »

Zadig lui répondit comme il avait fait sur l'article des financiers : « Sire, laissez-moi faire ; mais permettez d'abord que je dispose de ce que vous aviez étalé dans la galerie de la tentation ; je vous en rendrai bon compte et vous n'y perdrez rien. » Le roi le laissa le maître absolu. Il choisit dans Serendib trente-trois petits bossus des plus vilains qu'il pût trouver, trente-trois pages des plus beaux, et trente-trois bonzes[1] des plus éloquents et des plus robustes. Il leur laissa à tous la liberté d'entrer dans les cellules des sultanes ; chaque petit bossu eut quatre mille pièces d'or à donner, et dès le premier jour tous les bossus furent heureux. Les pages, qui n'avaient rien à donner qu'eux-mêmes, ne triomphèrent qu'au bout de deux ou trois jours. Les bonzes eurent un peu plus de

1. *bonzes* : prêtres bouddhistes.

peine ; mais enfin trente-trois dévotes se rendirent à eux. Le roi, par des jalousies qui avaient vue sur toutes les cellules, vit toutes ces épreuves, et fut émerveillé. De ses cent femmes, quatre-vingt-dix-neuf succombèrent à ses yeux.

Il en restait une toute jeune, toute neuve, de qui Sa Majesté n'avait jamais approché. On lui détacha un, deux, trois bossus, qui lui offrirent jusqu'à vingt mille pièces ; elle fut incorruptible, et ne put s'empêcher de rire de l'idée qu'avaient ces bossus de croire que de l'argent les rendrait mieux faits. On lui présenta les deux plus beaux pages ; elle dit qu'elle trouvait le roi encore plus beau. On lui lâcha le plus éloquent des bonzes, et ensuite le plus intrépide ; elle trouva le premier un bavard, et ne daigna pas même soupçonner le mérite du second. « Le cœur fait tout, disait-elle ; je ne cèderai jamais ni à l'or d'un bossu, ni aux grâces d'un jeune homme, ni aux séductions d'un bonze ; j'aimerai uniquement Nabussan fils de Nussanab, et j'attendrai qu'il daigne m'aimer. » Le roi fut transporté de joie, d'étonnement et de tendresse. Il reprit tout l'argent qui avait fait réussir les bossus, et en fit présent à la belle Falide[1] ; c'était le nom de cette jeune personne. Il lui donna son cœur : elle le méritait bien. Jamais la fleur de la jeunesse ne fut si brillante ; jamais les charmes de la beauté ne furent si enchanteurs. La vérité de l'histoire ne permet pas de taire qu'elle faisait mal la révérence ; mais elle dansait comme les fées, chantait comme les sirènes et parlait comme les Grâces[2] : elle était pleine de talents et de vertus.

Nabussan, aimé, l'adora ; mais elle avait les yeux bleus, et ce fut la source des plus grands malheurs. Il y avait une ancienne loi qui défendait aux rois d'aimer une de ces femmes que les Grecs ont appelées depuis *boopies*[3]. Le chef des bonzes avait établi cette loi il y avait

1. *Falide* : ce nom est peut-être une déformation de *Validé*, titre donné à la mère d'un sultan.
2. *Grâces* : nom de trois divinités grecques qui symbolisent la beauté.
3. *boopies* : adjectif homérique qui signifie *aux grands yeux*.

plus de cinq mille ans ; c'était pour s'approprier la maîtresse du premier roi de l'île de Serendib que ce premier bonze avait fait passer l'anathème[1] des yeux bleus en constitution fondamentale d'État. Tous les ordres de l'empire vinrent faire à Nabussan des remontrances. On disait publiquement que les derniers jours du royaume était arrivés, que l'abomination était à son comble, que toute la nature était menacée d'un événement sinistre ; qu'en un mot Nabussan fils de Nussanab aimait deux grands yeux bleus. Les bossus, les financiers, les bonzes et les brunes remplirent le royaume de leurs plaintes.

Les peuples sauvages qui habitent le nord de Serendib profitèrent de ce mécontentement général. Ils firent une irruption dans les États du bon Nabussan. Il demanda des subsides à ses sujets ; les bonzes, qui possédaient la moitié des revenus de l'État, se contentèrent de lever les mains au ciel, et refusèrent de les mettre dans leurs coffres pour aider le roi. Ils firent de belles prières en musique, et laissèrent l'État en proie aux barbares.

« Ô mon cher Zadig, me tireras-tu encore de cet horrible embarras ? s'écria douloureusement Nabussan. – Très volontiers, répondit Zadig ; vous aurez de l'argent des bonzes tant que vous en voudrez. Laissez à l'abandon les terres où sont situés leurs châteaux, et défendez seulement les vôtres. » Nabussan n'y manqua pas : les bonzes vinrent se jeter aux pieds du roi et implorer son assistance. Le roi leur répondit par une belle musique dont les paroles étaient des prières au Ciel pour la conservation de leurs terres. Les bonzes enfin donnèrent de l'argent, et le roi finit heureusement la guerre. Ainsi Zadig, par ses conseils sages et heureux, et par les plus grands services, s'était attiré l'irréconciliable inimitié des hommes les plus puissants de l'État : les bonzes et les brunes jurèrent sa perte ; les financiers et les bossus ne l'épargnèrent pas ; on le rendit suspect au bon Nabussan. Les services rendus restent souvent dans l'an-

1. *anathème* : interdiction religieuse, excommunication.

tichambre, et les soupçons entrent dans le cabinet[1], selon la sentence de Zoroastre• : c'était tous les jours de nouvelles accusations ; la première est repoussée, la seconde effleure, la troisième blesse, la quatrième tue.

Zadig intimidé, qui avait bien fait les affaires de son ami Sétoc et qui lui avait fait tenir son argent, ne songea plus qu'à partir de l'île, et résolut d'aller lui-même chercher des nouvelles d'Astarté. « Car, disait-il, si je reste dans Serendib, les bonzes me feront empaler ; mais où aller ? Je serai esclave en Égypte, brûlé, selon toutes les apparences, en Arabie, étranglé à Babylone. Cependant il faut savoir ce qu'Astarté est devenue : partons, et voyons à quoi me réserve ma triste destinée. »

*
* *

[C'est ici que finit le manuscrit qu'on a retrouvé de l'histoire de Zadig. Ces deux chapitres doivent être certainement placés après le douzième, et avant l'arrivée de Zadig en Syrie. On sait qu'il a essuyé bien d'autres aventures qui ont été fidèlement écrites. On prie messieurs les interprètes des langues orientales de les communiquer, si elles parviennent jusqu'à eux.]

1. *cabinet* : *l'antichambre* et le *cabinet* sont les lieux les plus intimes du palais, où le roi reçoit ses seuls familiers.

Questions

Compréhension

1. *Précisez le souci et le désir du roi, dans la discussion initiale. Quel problème, relatif à la nature de l'individu, pose-t-il ? Ce thème est-il important dans l'ensemble du conte ?*

2. *Les bossus, les pages et les bonzes : si l'on en juge d'après leurs succès relatifs auprès des sultanes du sérail, quelles sont les valeurs qui importent le plus aux yeux des femmes ?*

3. *La belle Falide : qu'est-ce qui l'oppose à toutes les autres sultanes ? Quel est son idéal et comment définir la vertu qui l'habite ? Fait-elle exception absolue ou son exemple pourrait-il être imité par quiconque ?*

4. *La loi contre les yeux bleus : précisez le sens de la critique voltairienne contre les fondements de l'interdit.*

5. *Que pensez-vous de la réaction des bonzes, face à l'invasion étrangère ? Pourquoi le roi leur répond-il à son tour* « par une belle musique... » *?*

6. *Pourquoi Zadig s'attire-t-il* « l'irréconciliable inimitié des hommes les plus puissants de l'État » *? Pourquoi fuit-il, finalement ?*

Écriture / Réécriture

7. *Par quels procédés Voltaire transforme-t-il ici des débats très sérieux en saynètes amusantes ? Relevez notamment des traits de drôlerie, des démonstrations incongrues, des schématisations comiques.*

8. *La satire contre l'argent de l'Église : indiquez les formules les plus ironiques.*

9. *En imitant le style de Voltaire (à la fin du quatrième paragraphe), essayez d'imaginer une autre explication sur les origines antiques – et véritables – de la loi interdisant au roi d'aimer une femme aux yeux bleus.*

DATES	ÉVÉNEMENTS HISTORIQUES	ÉVÉNEMENTS CULTURELS
1695		*Dictionnaire* de Bayle.
1701	Guerre de succession d'Espagne (→ 1704).	
1715	Mort de Louis XIV. Régence du duc d'Orléans.	Lesage, *Gil Blas* (I à VI).
1721		Montesquieu, *Lettres persanes.* J.-S. Bach, *Concertos brandebourgeois.*
1723	Début du règne personnel de Louis XV.	
1726	Début du ministère Fleury.	Swift : *Voyage de Gulliver.* Musique : Couperin. Peinture : Boucher.
1730		Marivaux, *Le Jeu de l'amour et du hasard.*
1731		Prévost, *Manon Lescaut.*
1734	Guerre de succession de Pologne.	Saint-Simon, *Mémoires.*
1735		Rameau, *Les Indes galantes.*
1738	Fin de la guerre de Pologne.	
1740	Frédéric II, roi de Prusse. Guerre de succession d'Autriche.	Musique : Rameau.
1741		Peinture : Lancret, Chardin.
1742		Haendel, *Le Messie.*
1744		J.-S. Bach, *Le Clavecin bien tempéré.*
1745	Mme de Pompadour favorite.	
1746		Diderot, *Pensées philosophiques.*
1748	Paix d'Aix-la-Chapelle.	Montesquieu, *De l'esprit des lois.*
1749	Agitations à Paris.	Diderot, *Lettre sur les aveugles.*
1751		Début de l'*Encyclopédie.*
1752		Musique : Haydn, symphonies.
1754		Rousseau, *Discours sur l'origine et les fondements de l'inégalité.*
1755	Désastre de Lisbonne.	
1756	Début de la guerre de Sept Ans.	
1757	Exécution de l'amiral Byng.	
1758		Rousseau, *Lettre à d'Alembert.*
1760		Diderot, *La Religieuse.*
1761		Rousseau, *Julie ou la Nouvelle Héloïse.*
1762	Affaire Calas.	Rousseau, *Émile ou De l'éducation.*
1763	Fin de la guerre de Sept Ans.	Diderot, *Le Neveu de Rameau.*
1764	Jésuites expulsés de France.	Peinture : Greuze. Musique : Glück.
1766	Annexion de la Lorraine.	Rousseau, début des *Confessions.*
1767	Jésuites expulsés du Paraguay.	Peinture : Fragonard.
1773		Diderot, *Jacques le fataliste.*
1774	Début du règne de Louis XVI. Turgot aux Finances.	Glück : *Orphée.*
1775	Guerre d'indépendance des États-Unis.	Beaumarchais, *Le Barbier de Séville.*
1776	Turgot est remplacé par Necker.	Rousseau, début des *Rêveries du promeneur solitaire.*
1778	Alliance France/États-Unis.	Houdon : statue de Voltaire.

VIE ET ŒUVRE DE VOLTAIRE	DATES
Naissance de François-Marie Arouet ; bonne bourgeoisie aisée.	1694
Mort de sa mère.	1701
Élève des jésuites au Collège Louis-le-Grand (→ 1704).	
Fréquente les milieux littéraires et libertins (→ 1723).	1715
Emprisonné à la Bastille pour des poèmes contre le Régent.	1717
Fait jouer *Œdipe*, tragédie.	1718
Écrit *La Henriade* (publiée à Londres en 1728).	1723
Querelle avec le chevalier de Rohan : exil en Angleterre jusqu'en 1735.	1726
Séjour à Paris.	1729
Histoire de Charles XII.	1731
Zaïre, tragédie.	1732
Le Temple du goût.	1733
Lettres philosophiques.	1734
Le Mondain.	1736
Discours sur l'homme, poème.	1738
Voyage à Berlin.	1740
Mahomet ou le Fanatisme.	1741
Retour en grâce : s'installe à Paris.	1745
Élu à l'Académie française.	1746
Zadig ou la destinée.	1747
Le monde comme il va, conte.	1748
Mort de Mme du Châtelet.	1749
Séjour auprès du roi de Prusse Frédéric II (→ 1753).	1750
Micromégas, conte philosophique.	1752
Achète le domaine *Les Délices* en Suisse et s'y installe.	1755
Poème sur le désastre de Lisbonne. Essai sur les mœurs.	1756
Achète la propriété de Ferney, près de la Suisse.	1758
Candide ou l'Optimisme.	1759
Installation définitive à Ferney.	1760
Début des querelles avec Rousseau.	1761
S'engage dans l'affaire Calas.	1762
Traité sur la tolérance.	1763
Dictionnaire philosophique.	1764
Relation de la mort du chevalier de La Barre.	1766
L'Ingénu, et nombreux autres contes.	1767
Début des *Questions sur l'Encyclopédie* (jusqu'en 1774).	1770
Épître à Horace : *« J'ai fait un peu de bien, voilà mon seul ouvrage. »*	1772
Voltaire soutient Turgot.	1775
Retour triomphal à Paris. *Irène*, tragédie. Mort le 30 mai.	1778

LA SITUATION DE VOLTAIRE VERS 1745

Voltaire a cinquante-trois ans quand paraît *Zadig*, en 1747, au milieu du « siècle des Lumières » et du règne de Louis XV. Le roi a pour favorite Mme de Pompadour qui exerce une grande influence, notamment dans le domaine des arts et des idées. Elle n'est pas hostile aux penseurs et Voltaire a pu bénéficier de sa protection pour son retour en grâces auprès de la Cour, à partir de 1740. On est loin des années 1730, où toutes ses publications – notamment historiques – paraissaient provocatrices et subissaient une sorte de persécution – ce qui n'empêchait pas leur audience. Mais Voltaire lui-même a changé : il a renoncé à l'attaque frontale, comme celle des *Lettres philosophiques* (1734) qui s'insurgeaient violemment contre les fausses sciences, contre la religion sectaire, contre la noblesse et le clergé. Sans cesse menacé d'arrestation, Voltaire devait alors parcourir l'Europe. Ces voyages lui ont cependant permis des contacts directs avec des hommes d'influence et avec des souverains, et de jouer, par exemple, un rôle actif dans la diplomatie officieuse, surtout auprès de Frédéric II. Dès 1744, les récompenses et les signes de réconciliation se multiplient : commandes de poèmes officiels, nomination comme historiographe du roi, élection à l'Académie française, dédicace au pape (qui l'accepte) de la pièce *Mahomet*. Sans être soumis, Voltaire est toléré, souvent admiré. Mais il suffit d'un rien pour que la faveur des princes (et de leurs favoris) fasse brutalement défaut. Et Voltaire lui-même n'est pas tellement à l'aise dans l'atmosphère faisandée de la Cour. *Zadig* exprime ces hauts et ces bas. Au-delà du propre cas de l'auteur, le conte résume clairement la situation des écrivains de l'époque, hommes à la fois reconnus et suspects, qui entretiennent avec le pouvoir royal (et l'élite politique) une relation d'attirance-répulsion.

L'ÉCRITURE : UN ART ET UNE ARME

À côté de la vogue des romans de mœurs (de Marivaux ou de l'abbé Prévost, par exemple), la littérature du milieu du siècle est très engagée dans des débats d'idées. Dans la période où paraît *Zadig*, Condillac publie son *Essai sur l'origine des connaissances humaines* : il y explique que toute connaissance est consécutive à une sensation. Diderot rédige ses *Pensées philosophiques*, tout en préparant les premiers volumes de l'*Encyclopédie* (le tome I paraît en 1751). D'une manière générale, depuis la parution des *Lettres persanes* de Montesquieu (1721), les auteurs sont entrés dans une sorte de militantisme contre le pouvoir absolu, contre l'Église et les fanatismes, contre les guerres et les abus. Ils se réclament tous de la

« philosophie » et se nomment « philosophes », exprimant ainsi que l'écriture est la diffusion d'une pensée, une arme, et non pas un simple agrément, un art. Mais cette attitude d'« intellectuel engagé » (comme nous dirions aujourd'hui) peut prendre des formes littéraires très diverses : ouvrages historiques, pamphlets, lettres fictives, théâtre, etc. Voltaire, dans *Zadig*, exploite beaucoup une des modes littéraires du moment, l'orientalisme, dans la lignée des *Mille et Une Nuits* (éditées en France au début du siècle ; voyez l'*Épître dédicatoire* du début) et des « persans » chers à Montesquieu.

UNE SOCIÉTÉ EN MOUVEMENT

Si les écrivains demandent des réformes, cela est dû au fait que la société évolue très vite. Le XVIIIe siècle voit l'explosion de la bourgeoisie d'affaires, active, consciente du rôle de son action économique dans les progrès de la nation, méfiante à l'égard des métaphysiciens ou de l'aristocratie inactive. On voit bien que les malheurs de Zadig ont pour source des prêtres, des pouvoirs abusifs, des envieux corrompus, des femmes coquettes. Au contraire, la rencontre avec des marchands ou des hommes d'affaires (fussent-ils des brigands, comme Arbogad) tourne toujours au dialogue fructueux et à des moments de bonheur. Ce n'est pas un hasard si les principaux auteurs de l'époque sont issus des milieux d'artisans, de commerçants, de petits industriels : le père de Voltaire, notaire, a fait sa fortune dans le commerce des étoffes ; Diderot est fils d'un maître coutelier ; Rousseau et Beaumarchais, fils d'horlogers. La principale revendication est celle d'une « monarchie éclairée », qui laisse le travail prospérer et qui reconnaisse les mérites de ceux qui produisent, car la *« paix »* est nécessaire à l'*« abondance »*, comme le disent les dernières lignes de *Zadig*.

DES HOMMES D'INFLUENCE, MALGRÉ LA CENSURE

En dépit de tracasseries, l'écrivain jouit d'un grand prestige dans son siècle. Voltaire fut l'ami de Choiseul (ministre de Louis XV). Turgot et Malesherbes (pourtant chargé de la censure) le soutiendront. Il est ami du roi de Prusse Frédéric II avec qui il correspond familièrement. Il échange des lettres avec les meilleurs esprits d'Europe (20 000 lettres). Il se mêle de tous les débats d'actualité. Il est capable de soutenir la discussion avec des savants comme Pope, Young, Berkeley. Il maîtrise la pensée scientifique de Newton ou de Leibniz. Auteur universel, Voltaire profite de son audience pour soulever l'opinion, comme il le fera pour l'affaire Calas (1765) ou, plus tard, pour obtenir la réhabilitation du chevalier de La Barre. Certes, les ouvrages sont soumis *« au privilège du roi »*, c'est-à-dire à l'autorisation de paraître. Mais la censure est peu efficace et n'empêche pas la circulation des livres interdits. Souvent imprimés à l'étranger et distribués sous le manteau, ils sont d'autant plus recherchés qu'on les a condamnés. Voltaire s'est évidemment insurgé contre la censure dans sa *Lettre à un premier commis* du 20 juin 1733. Dans *Zadig*, il s'en moque dès l'*Approbation* du tout début.

DES ÉCRIVAINS VOYAGEURS

Si la censure est si facilement détournée, c'est que les échanges entre les pays d'Europe sont courants. La littérature est « cosmopolite », elle s'intéresse à l'étranger. Les écrivains se déplacent beaucoup, Voltaire le premier. Ils se tournent plus volontiers vers les pays libéraux : Angleterre, Suisse, Allemagne, Pays-Bas, Italie. Voltaire s'y réfugie dès qu'il se sent trop menacé à Paris. Ainsi l'errance circulaire de Zadig n'est-elle pas totalement une fiction, même si elle a pour cadre un Orient d'opérette. D'une ville ou d'une contrée à l'autre, le héros rencontre d'autres mœurs et établit des comparaisons. Il a des discussions soutenues avec ceux qui vivent ou pensent autrement que lui. Il en devient meilleur, plus intelligent et tolérant. À l'intérieur de la France même, et surtout à Paris, la vie littéraire se fait dans des salons, des clubs, des cafés (tel le Procope). On y débat : la conversation favorise le bon mot, l'esprit, l'audace verbale. Diderot en garde l'habitude d'écrire sous forme de dialogues animés autour d'une table (*Le Neveu de Rameau*). Le style des contes voltairiens, très rapide, avec ses dialogues impromptus et ses récits rétrospectifs, subit cette influence.

FORME ET SIGNIFICATION

Zadig se présente comme un récit largement étalé dans le temps. Il se distingue par là des précédents contes de Voltaire, mais il en annonce d'autres, notamment *Candide*. Cet itinéraire figure une série de désillusions et de dégradations – malgré, *in extremis*, une fin heureuse – : le héros Zadig doit abdiquer ses convictions et son idéal. Le début de l'histoire évoque une plénitude de bonheur et une innocence totale. Zadig a tout pour lui : jeunesse, richesse, beauté, intelligence, joie de vivre. Le lecteur croit entrer dans une utopie* ou un conte pour enfants. Mais la série des catastrophes ne va pas tarder, provoquée par des motifs ineptes. Le « juste » subit la tyrannie d'une destinée qui ne fait guère cas de sa vertu et qui semble aussi aveugle qu'incohérente. Ce n'est qu'au bout de ses épreuves répétées et incompréhensibles que Zadig saisira la possibilité d'un ordre providentiel. La structure cyclique de *Zadig* permet un retour au point de départ : cette technique narrative illustre la signification de la fiction. Tout participe au sens des choses. On notera que les petits récits enchâssés, liés aux diverses anecdotes et rencontres, concourent à l'enseignement principal. Chaque personnage explique les accidents de sa vie, tout en laissant entendre que *« le hasard fait bien les choses »*, à long terme. Cette « construction en abyme* » élargit le cas de Zadig à l'humanité entière. En même temps, elle fait espérer que Zadig, comme les autres, trouvera le sens de son destin. Un effet de lecture est ainsi ménagé : le lecteur, concentré sur l'attente de la conclusion, accepte les absurdités de l'existence puisqu'il prévoit qu'elles s'éclaireront dans les dernières lignes.

HISTOIRE D'UNE VIE OU HISTOIRE DE LA VIE ?

Il est difficile de déterminer le plan linéaire de *Zadig*. Les diverses aventures se succèdent au gré des rencontres et des aléas. Sur le plan existentiel, Zadig est pris dans une incohérence, les événements dramatiques ne s'enchaînant les uns aux autres que par des ironies du sort : voyez, par exemple, l'histoire du madrigal et du perroquet (IV) ou celle des rubans d'Astarté (VIII). Le lecteur perçoit lui-même la fiction à travers le point de vue de Zadig : il n'a qu'une vision fragmentaire et instantanée. Cette situation du lecteur renvoie à une réalité, qu'on nommera « le vécu ». Chaque homme est pris dans le jeu des circonstances et des déterminismes*. Sa liberté consiste surtout à faire des choix ou à s'adapter au réel. Mais que sait-il de son avenir ? Quelle part prend-il aux événements qui conditionnent son existence ? Quel moyen a-t-il d'empêcher l'accident, le hasard? Ainsi, malgré son aspect caricatural et exotique, le récit de Zadig n'est qu'une exagération de ce que peut être une existence. En revanche, Voltaire veut, à la suite de Leibniz, nous faire comprendre que cette incohérence peut résulter de notre point de vue limité et individuel. Le sens global, la raison des choses, le destin nous échappent. À la fin du conte, rétrospectivement, chaque accident prend un sens dans une continuité et le lecteur saisit ce qu'est *la* vie. Bien entendu, l'auteur ne choisit pas entre ces deux visions, ponctuelle et globale. Chacune a sa raison. L'une est d'ordre existentiel : elle concerne la morale (comment réagir face aux événements?). L'autre appartient à la métaphysique et réfléchit à la liberté ou à l'idée d'un ordre universel. Le conte combine ces deux points de vue et nous renvoie à nos propres interrogations.

LE PRÉVISIBLE ET LE RÉPÉTITIF

Malgré leur absurdité, les événements sont unis par des liens de causalité. Chaque accident est nécessaire au suivant qui, lui-même, en provoque un autre. Il faut que Sémire et Almora trahissent Zadig pour qu'il quitte le monde factice et facile de Babylone (I et II) ; c'est parce que l'Envieux le dénonce que le héros devient ministre (IV) ; grâce à l'Envieuse, il échappe à la ruine de Babylone (VII) ; etc. Ce système de cause à effet permet une prévisibilité : les malheurs s'arrangeront ; les bonheurs tourneront mal. Ce va-et-vient est accentué par la composition générale du récit qui se divise en deux grandes périodes : dans la première (I à VII), Zadig, anéanti, reconquiert peu à peu confiance et pouvoir ; dans la seconde (IX à XVII), il entame, après être tombé au plus bas, dans l'esclavage (VIII), la même ascension jusqu'à la royauté. L'impression de répétition est également entretenue par les autres personnages qui racontent, selon un schéma comparable, des vies qui rappellent celle de Zadig : l'Envieux (IV), Missouf (IX et X), Sétoc (X, XI et XIII), Arbogad (XIV), le Pêcheur (XV), Astarté (XVI) et Itobad (XVII et XVIII). La structure cyclique (en perpétuel retour) et sinusoïdale (en creux et bosses) peut être interprétée, là encore, de deux façons contradictoires : soit elle illustre l'universalité du désordre apparent des choses, soit elle prouve que chacun a pu trouver une réponse adaptée à des situations difficiles. La vérité, comme souvent, est entre les deux : l'univers combine le bien et le mal. La liberté humaine consiste à jouer sur les deux plans. L'ordre du monde, lui, sait où il va. La révélation de l'ange Jesrad (XVIII) répète la leçon de Leibniz : nous appelons *incohérence* ce dont nous ne saisissons pas le sens, mais l'univers est régi, au plan providentiel, par le principe *« du meilleur des mondes possibles »*. Le lecteur, au cours du conte, passe du « prévisible » au « providentiel », les deux formes de la prévoyance, celle d'ici-bas et celle d'en haut.

LA CONTINUITÉ DU RÉCIT

À première vue, *Zadig* est un collage de petits récits sans unité. Certains lecteurs de l'époque s'en plaignirent, comme l'abbé Raynal : *« des contes de quelques pages, détachés les uns des autres. »* Voltaire en eut conscience puisque les diverses éditions apportèrent des épisodes complémentaires pour resserrer la trame. Le « fil rouge » est l'amour de Zadig pour Astarté : les premiers aveux, la séparation, l'union finale. Mais l'intérêt est ailleurs : l'intrigue se fonde sur l'itinéraire initiatique du jeune Zadig. Choisi par la Providence, comme étant le meilleur des hommes, il sera investi d'une mission supérieure (être un despote éclairé faisant le bonheur du monde, XIX) après avoir traversé une série d'épreuves qui ouvriront son intelligence. Les divers chapitres ne sont que des explorations des formes du mal ou de l'ignorance jusqu'à la révélation (XVIII). Invisible mais présente, la Providence tient tout : elle distribue les expériences avant de formuler la leçon. Le récit procède donc par élargissement : le jeune homme de Babylone n'avait d'autre ambition qu'un bonheur privé. Devenu ministre, il doit se pencher sur le bonheur général. Il redescend ensuite au plus bas (X) pour voyager plus loin et croiser toutes les civilisations (XII), toutes les conditions. Il sera prêt à blasphémer, après avoir constaté la persécution des innocents et le désordre universel. Mais l'intervention de Jesrad arrive à temps et remet tout en ordre.

L'ESPACE ET LE TEMPS

Voltaire, dans *Zadig,* oblige le lecteur à passer sans cesse de l'action aux récits ou aux dialogues apaisés. On évolue très vite d'une situation à l'autre, mais on prend régulièrement le temps de réfléchir au sens des événements, d'approfondir un point de philosophie. De même, le conteur exploite habilement les rapports de la fiction (les événements situés dans l'espace et le temps, résumables, vécus par les personnages) et de la narration (la façon dont la fiction est présente dans le récit). Il ménage des pauses et passe sous silence des transitions utiles pour créer l'attention et la surprise (voyez, par exemple, le chapitre *La Danse*) ou bien il accélère subitement le rythme (voyez la fin des chapitres II, VIII, XII, XVII). Même quand tout semble calme, il distille une prémonition, une inquiétude sourde, comme le ferait la musique annonçant un suspense dans un film (voyez la fin des chapitres III, V, VII, XIII, XIV). Enfin, les mêmes faits sont transmis par plusieurs versions successives (comme la chute de Moabdar et la disparition d'Astarté). Cette technique installe le sentiment du temps, nécessaire à la logique du récit, pris dans la durée, tout en conservant une discontinuité apparente, nécessaire à l'illogisme des événements qui assaillent le héros. Il s'agit aussi, pour Voltaire, de maintenir une impression d'incohérence objective sans perdre de vue la leçon profonde du conte (à savoir : tout a un sens). Les chapitres où l'on trouve des récapitulatifs se dispersent de manière assez régulière : chapitre VIII (Zadig fait un sombre bilan), chapitre X (Zadig esclave essaie de garder espoir), chapitre XII (débat religieux au cours d'un souper), chapitre XIII (Zadig commence à s'insurger contre le sort), chapitres XV-XVI (les histoires du pêcheur et d'Astarté). Les changements de lieux sont fréquents. Ils reprennent dans l'espace le thème de cette errance incontrôlée qu'est la vie, en rendant visible le principe de l'éternel retour : voyez la carte ci-contre.

L'ITINÉRAIRE DE ZADIG

La carte ci-contre détaille les lieux géographiques et les étapes de la pérégrination de Zadig.

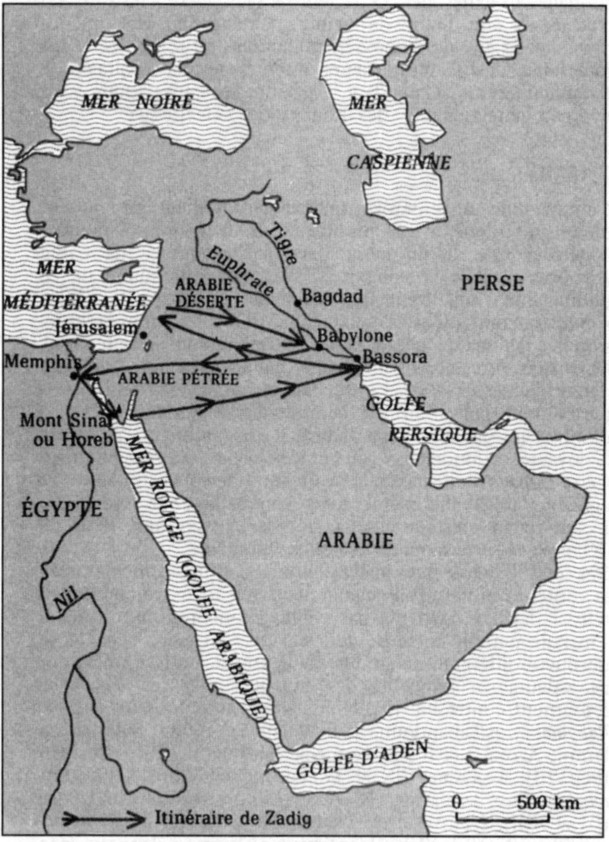

L'action commence à Babylone (chap. I à VIII), puis se déroule d'abord en « Arabie pétrée », à Memphis (IX), au Mont Sinaï (X-XI) et à Bassora (XII), ensuite en « Arabie déserte » (XIII à XV), et, après une rencontre décisive sur les rives de l'Euphrate (XVI-XVII), s'achève à Babylone (XVIII-XIX).

Les personnages d'un conte n'ont pas la consistance de personnages romanesques. Le lecteur ne peut guère s'incarner en eux car ils sont définis de manière schématique. Ce sont des types, créés en vue d'une démonstration, qui remplissent des fonctions. Le système de leurs rapports permet l'avancée de l'argumentation. Cependant, Voltaire s'inspire (pour s'en moquer généralement) des romans de son époque.

ZADIG

Comme souvent, le héros principal est une figure de l'auteur, de ses ambitions, de ses illusions, de ses déceptions. Voltaire a beaucoup mis de lui-même dans le personnage de Zadig (reportez-vous, à ce sujet, p. 153). C'est donc autour de ce dernier que s'organisent non seulement le récit mais la philosophie du conte : il est d'emblée doué d'une perfection, réunissant les qualités sociales et humaines qui le prédisposent à tous les succès et à tous les bonheurs : jeunesse, beauté, indépendance, richesse. Sa force principale réside en sa «vertu». Voltaire entend par ce terme une aptitude à être maître de soi, à dominer les passions dégradantes, à viser au bien, à pratiquer la loyauté, à fonder ses espérances sur ses propres mérites. Cette idéalisation laisse prévoir une destinée brillante et agréable. Mais elle paraît aussi trop belle pour être vraie. L'expérience existentielle va se résumer en une série de déboires absurdes ou de réussites imprévues.
Dès lors, le héros, bien malgré lui, ne peut plus coïncider avec la vérité de son être : il échoue dans ses projets volontaires et réussit dans ce qu'il n'a pas voulu. De même, une distance s'installe partout entre *ce qu'il est* et *ce qui est* : la réalité se découvre différente de ce que Zadig croyait innocemment ; et les valeurs sur lesquelles il comptait fonder ses succès se retournent contre lui. Le bel adolescent, *«le meilleur parti de Babylone»*, est abandonné par sa fiancée Sémire, puis par sa femme Azora (I et II). Le vertueux doit mentir (III), trahir son roi (VIII), assassiner (IX et X). Le seigneur libre et puissant expérimente l'esclavage (X et XI) et la persécution religieuse (IV et XIII). L'altruiste est victime de l'envie et de trahisons sordides (IV, VIII, XVII). L'optimiste se heurte à des coutumes idiotes et cruelles (IV, XI). Le sage voit sa raison lui nuire et la tricherie intellectuelle le sauver (III). Le scandale est d'autant plus évident pour Zadig du fait que les tricheurs, les envieux, les voleurs réussissent ce qu'ils entreprennent et vivent sans souffrance ni remords (I, XIV, XV, XVII). Et le héros n'a même pas la satisfaction de pouvoir attribuer à sa propre valeur ses moments de réussite : la bizarrerie de circonstances, seule, fait

de Zadig un favori du roi (IV), un ministre (V à VII), un sauveteur (IX). C'est par accident qu'il retrouve Astarté (XVI), grâce aux bontés d'un brigand cynique (XIV).
Les réactions de Zadig sont de plus en plus complexes, quand on avance dans le conte. Il cherche d'abord à se raccrocher aux valeurs qu'il connaît et auxquelles il croit : la fidélité (II), le raisonnement juste (III), la philosophie et l'amitié (IV), la tolérance prudente (IV et V). Mais ces valeurs se retournent bientôt contre lui : sa sagesse suscite l'envie (VII, XIII, XVII) et ses qualités de cœur provoquent sa chute (VIII). Ainsi refroidi, Zadig est d'abord tenté par le silence ou l'esquive (III-IV), voire par le repli sur soi. Les traces de révoltes restent rares, simplement soulignées par des éclats de voix ou par des moments de stupeur, comme à la fin du chapitre VIII : *« Ô vertu ! à quoi m'avez-vous servi ? »* Ces retours sur soi peuvent frôler le désespoir (XII, XV, XVII) ou révéler un sentiment de culpabilité. Ils sont également tempérés par les moments où les qualités de Zadig sont reconnues et récompensées (V à VII, XI), ce qui évite un simple pessimisme et des effets tragiques appuyés. Car les aventures de Zadig n'ont pas pour but de rendre le lecteur sympathisant ou ému. Elles doivent maintenir une vigilance en éveil. Elles sont un moyen, pour Voltaire, de marquer les étapes d'un questionnement philosophique, jusqu'à la révélation de Jesrad (XVIII).
Voilà pourquoi Zadig parle souvent par questions. Il est le support d'une réflexion théorique sur la difficile question du libre arbitre. Le débat se résume en un conflit entre deux positions : l'homme est libre de construire sa destinée ; l'homme est prisonnier d'un ordre du monde prédéterminé. Zadig incarne alternativement les deux options : sur le plan du caractère et du comportement, il mène une existence autonome et aventureuse ; mais, en fait, il ne cesse de se heurter à un monde réel contraignant ou à une nécessité qui le conditionne et l'aliène. L'explication du chapitre XVIII résout ce conflit en proposant de concilier les deux positions. Il reste que Zadig est le lieu de rencontre de cette contradiction, d'où son déchirement et ses revirements. Il va de l'espoir à la désespérance, du succès à l'échec, du pouvoir à l'esclavage. Son itinéraire sinueux et circulaire participe à cette signification.

LES AUTRES PERSONNAGES

Ils ont pour fonction d'agir sur Zadig et de lui faire connaître d'expérience les choses de ce monde. Ils permettent la caractérisation du personnage principal et l'étude de ses comporte-

ments. Aussi paraissent-ils fort schématiques. Même l'habituel comparse (compagnon fidèle, homme de main, guide spirituel, etc.) du héros a disparu dans *Zadig*.
Le **valet** n'a pas de nom et se réduit à quelques gestes anonymes. **Cador**, l'ami fidèle, n'a pas de forme physique précise : ce n'est qu'un adjuvant qui surgit au moment nécessaire, brièvement, pour relancer l'action ou faire le lien entre deux situations (II, IV, VIII, XVII). Les femmes se ressemblent toutes, divisées en deux emplois typiquement romanesques : la capricieuse, souvent fatale, et la beauté idéale, impossible à atteindre vraiment. La misogynie de Voltaire se déchaîne grâce à la première catégorie : **Sémire** est inconstante et légère (I) ; **Azora** est infidèle, intéressée et insupportable (II) ; **Missouf** est le stéréotype de la favorite abusive, profitant de ses charmes pour exercer un pouvoir tyrannique et inconséquent (IX). Même les femmes sympathiques, comme **Almona**, pourtant reconnaissante, ne sont difficiles à détourner de leurs vœux (XI). Reste la reine **Astarté**, sorte d'image absente qui accompagne le héros et guide sa course. Elle parle peu, sinon des yeux (VIII) ou en traçant des lettres sur le sable (XVI). Les hommes ne sont guère mieux traités. Ils incarnent un type, une idée, souvent de façon grossie. À côté de **Clétofis**, à peine entrevu (IX) ou de **Sétoc**, personnage neutre, aimable mais fade (X-XIII), les héros qui retiennent l'attention sont très marqués. L'*« archimage »* **Yébor** figure le fanatisme, l'*« infâme »* selon Voltaire (IV). **Arimaze** représente une des forces négatives les plus importantes du conte : l'envie (IV), comme **Orcan**. **Ogul**, comme son nom l'indique, est un goulu (XVI). De même, **Itobad** est un grotesque, une caricature de comédie : le sot nuisible et vaniteux (*« un homme comme moi ! »*, chapitre XVII). Trois personnages échappent un peu au cliché. Du moins ont-ils une vie résumable et quelques traits singuliers. Il s'agit surtout du **pêcheur** suicidaire (XV) et du brigand **Arbogad** (XIV), homme sans scrupule et sympathique, plus ambigu et plus original que tous les autres. Mais encore faut-il percevoir que Voltaire se sert d'eux pour compléter sa leçon. Le brave homme (le pêcheur) est victime des grands, des femmes et du désespoir, tandis que le bandit expérimente à l'envers un tel destin (et celui de Zadig) : sa malhonnêteté lui a donné le bonheur. Quant à l'ermite (XVIII), il ressemble aux dessins d'enfants et on ne connaît de lui que sa *« barbe vénérable »* et sa conversation sur *« les lumières supérieures »*, en attendant qu'il se métamorphose en ange aux quatre ailes. On est en pleine allégorie*.

VOLTAIRE ET SON HÉROS

Le conte voltairien est toujours une confidence déguisée. C'est une expérience intérieure qui fait l'unité vivante d'un conte comme *Zadig*[1]. Le héros principal y incarne les désillusions de Voltaire à partir des années 1740, comme nous le savons explicitement par des témoignages de ses proches. On sait que l'auteur avait d'abord compté sur la solitude, dans la science et la sagesse, pour trouver le bonheur. Des contes comme *Micromégas,* écrits dans une période d'aimable retraite, à Cirey, illustraient cette tendance. En se réintégrant dans la société mondaine de Paris-Babylone et de la Cour, Voltaire espère renouer avec l'action. En 1745, il a retrouvé la faveur du roi. Il ambitionne de jouer un rôle officiel. On lui confie quelques missions et on le gratifie de quelques honneurs. Le voilà pris au piège du courtisan, guetté par les médisances et les attaques anonymes, inquiété par les différents clans (celui de la reine, celui de la Pompadour), soumis au jeu du *« bon plaisir »* et des disgrâces. Un mot insolent contre la reine qui joue aux cartes et gagne trop facilement, le 14 octobre 1747, l'oblige à se réfugier, avec Mme du Châtelet, à Sceaux, chez la duchesse du Maine. Il y rédige son conte. Voltaire fait vivre à Zadig cette instable période, comme pour se promettre à lui-même que ses espoirs seront récompensés. Certes, il faut traverser des hauts et des bas, affronter les religieux fanatiques, les intrigues de femmes, les concurrents déloyaux, les envieux. Mais le héros, par sa valeur, finira par gagner. L'esclave Zadig est devenu prince, il a su conquérir son maître Sétoc, retrouver sa reine Astarté. *Zadig* est un guide de combat contre le mal et une leçon d'espérance. Mais, si l'on excepte la fin miraculeuse du récit, le conte prouve surtout que la perfection n'assure pas à un être humain la certitude d'une juste rémunération. D'où les questions posées par Voltaire, dans tout le conte, sur la Providence, la justice de Dieu et la liberté des hommes. Zadig est un héros de lumière, luttant contre les ténèbres, et qui reçoit finalement les clartés célestes de l'ange Jesrad. Est-ce à dire que Voltaire admettait de se soumettre au mystère, aux *« voies impénétrables »* de la Providence ? Le *« Mais »* de Zadig nous permet d'en douter : il trahit surtout le désarroi momentané de l'auteur.

---

1. Dans la première édition (juillet 1747), le conte s'intitulait *Memnon* ; le titre définitif date de septembre 1748.

PERSIFLAGE HABITUEL OU MOMENT DE CRISE ?

Le conte comporte plusieurs thèmes habituels du persiflage voltairien. Les noms de ses adversaires personnels y transparaissent de manière détournée : Orcan rappelle Rohan et Yébor est l'anagramme de Boyer (évêque de Mirepoix), par exemple. D'une manière plus générale, ses cibles privilégiées font l'objet d'une violente satire : les femmes (I et II, IX et X), surtout si elles se mêlent du pouvoir (XV) ; les fausses sciences, dogmatiques et répressives (III) ; les superstitions en tous genres (IV, XI, XII) ; les religieux doctrinaires (IV, XIII) ; le sectarisme et les préjugés (XII) ; l'inaction (XVI) ; les intrigues et cabales politiques (XIV, XVII) ; les mœurs littéraires et mondaines des capitales (VII) ; la justice et les abus (VI, VII, X) ; etc. En revanche, Voltaire profite des chapitres où Zadig exerce son ministère pour esquisser des idées de réformes et proposer un idéal moral et social (V-VII, XI-XII, XIX). *Zadig*, à cet égard, est bien un conte *philosophique* : il participe à une remise en question des fondements et des croyances de la société humaine, à la lumière de la raison. Il veut opposer l'ordre de l'esprit au désordre des choses. Mais, au-delà de ce travail critique – et humoristique –, *Zadig* correspond plus précisément à un moment de crise intellectuelle chez Voltaire. Il ne s'agit pas seulement des circonstances objectives dont il a été fait état dans le paragraphe précédent. Nous dirions aujourd'hui que Voltaire est « dépressif ». Sa révolte est moins forte que son malaise : *« Me voici,* écrit-il, *dans un beau palais, avec la plus grande liberté (et pourtant chez un roi), avec toutes mes paperasses d'historiographe, avec Madame du Châtelet, et avec tout cela, je suis un des plus malheureux êtres pensants qui soient dans la nature »*. Les spécialistes de Voltaire ont tous souligné combien *Zadig* est un conte sur le temps, *« dévoreur d'idéal »*, conçu comme une déperdition. Car tout ce qui pourrait être appelé à durer s'y dégrade : l'amour « éternel » ne dure guère (I-II), les veuves sont vite consolées (II et XI), l'amitié et la fidélité y sont éphémères (VI, XV), les faveurs se changent en disgrâces (VI), etc. En revanche, les motifs récurrents, qui subsistent dans la diachronie* des événements, ont précisément pour fonction de signaler l'usure et les blessures de l'âge : la chute des puissants, comme Moabdar, et des cités millénaires, comme Babylone (XIV-XV). La mort circule, omniprésente, frappant les innocents (XVIII), provoquée même par le héros (X). Les malheurs de Zadig constituent en soi une figure du vieillissement : mélange d'expérience et de recul, de perte des illusions et de scepticisme*.

AUTEUR ET NARRATEUR

Le conte suppose que le narrateur ne s'incarne dans aucun personnage : il porte témoignage (*« il y avait à Babylone »*). Cette méthode d'objectivité est accentuée par le récit à la troisième personne. Elle permet de raconter avec distance et froideur des atrocités ou des bizarreries, ce qui crée l'ironie*. De même, Voltaire fait passer le rôle d'énonciateur d'un personnage à l'autre, par exemple avec des « récits à tiroirs » (IX, XIV, XV) qui donnent plusieurs versions des mêmes faits. On trouve aussi des histoires intercalées (XII ou XV) : le passage au style direct donne plus de force à la narration, tout comme le recours au dialogue permet des interventions plus tranchantes (XII). Parfois, Voltaire se conduit en narrateur omniscient, qui nous éclaire sur les pensées de Zadig et qui a une connaissance globale des choses : sa vision critique peut s'y exprimer pleinement. De même, l'auteur exploite une vision objective d'un témoin extérieur : le point de vue direct et froid rend la réalité encore plus inadmissible (XVIII). Mais Voltaire use surtout du point de vue de son héros : le personnage dit ce qu'il voit et ce qu'il vit, sans trop comprendre, en s'interrogeant sur le sens des choses. Cette rotation des points de vue, jointe aux intrusions d'auteur fréquentes, permet de communiquer au lecteur un sentiment mitigé face à des événements absurdes dans le détail, mais rendus nécessaires par le sens général du conte. L'étrangeté et la discontinuité sont intégrées dans un cadre narratif complexe mais continu et cohérent. La fiction traque une réalité transposée et dévoilée, tandis que la narration multiplie les modes d'interrogations et de commentaires. C'est dire que Voltaire est omniprésent dans son conte. Et les éditions successives montrent qu'il eut souci de le remanier pour être encore plus significatif : en 1748, il ajoute *Le souper* et *Le Pêcheur;* en 1752, l'épisode de Yébor; en 1756, il complète l'ancien chapitre VI (d'abord intitulé *Les jugements*) et le divise en deux chapitres nouveaux (les actuels VI et VII) ; sans compter les deux chapitres supplémentaires *(La Danse* et *Les Yeux bleus)* qui figurent dans l'édition posthume de 1785, numérotés XIV et XV. De telles précautions nous éclairent sur les intentions didactiques de l'auteur.

POURQUOI VOLTAIRE ÉCRIT-IL DES CONTES ?

Le genre du conte est très en vogue au XVIIIe siècle. Voltaire n'y est venu que tardivement, à l'approche de la cinquantaine. Il a voulu ainsi rejoindre le goût du public et céder à la mode, même s'il a toujours refusé de prendre au sérieux ce genre de productions : *« bagatelles », « fadaises », « coïonneries », « plaisanteries »*. Car, sur le plan des idées littéraires, Voltaire est fidèle à l'esthétique classique : il compte sur les « grands genres », en particulier la poésie, la tragédie et l'histoire, pour accéder à l'immortalité. Au départ, Voltaire rédige ses contes pour amuser ses proches et pour utiliser avec drôlerie son talent de causeur satirique. Il ne faut pas perdre de vue cette situation d'écriture initiale : le public visé est, à l'origine, restreint, élégant et cultivé. L'auditoire percevait d'emblée les allusions politiques parisiennes et les parodies littéraires. D'autre part, le conte suppose un certain nombre de codes et de traditions. Voltaire ne s'en soucie pas vraiment mais il a recours au merveilleux et au romanesque. Dans le même esprit, on trouve aussi, au XVIIIe siècle, le « dialogue » (on fait dialoguer des personnes de toute époque, vivantes ou mortes), la « facétie » ou diverses « histoires ». Voltaire n'hésite pas à mêler ces « sous-genres » et à proposer d'autres définitions : *« histoire philosophique » (Micromégas), « vision » (Babouc), « histoire véritable » (L'Ingénu)*. Le sous-titre de *Zadig* est *« histoire orientale »*. Le but visé ne varie pas, en tout cas : toucher facilement le public en l'amusant, pour vulgariser des idées. Ainsi s'explique le choix du voyage : l'auteur promène une marionnette dans diverses situations extrêmes qui servent à illustrer les aspects d'une thèse. On ne se soucie guère de réalisme : les individus et les situations sont stéréotypés, traduisant un jeu d'idées critiques.

LES RESSOURCES DU CONTE ORIENTAL

Dans *Zadig*, Voltaire utilise la structure et les thèmes traditionnels des contes orientaux. Mis à la mode par la traduction des *Mille et Une Nuits* (réalisée par Galland en 1702), cet exotisme a plusieurs fonctions. D'abord, il entretient un fantasme lointain, qui prête à rêver et où prédominent l'étrange, le fabuleux, la sensualité ou le raffinement, même cruel : le sérail, les sultans somptueux, les marchés d'esclaves, les complots de palais, les *« nains muets »* (VIII), les femmes lascives, etc. D'autre part, le public est habitué à « décoder » les allusions à l'actualité française dans les récits situés en terre d'Islam et en Perse (qu'on pense aux *Lettres persanes* de Montesquieu) : pour l'imaginaire occidental, ce monde représente, depuis les croisades, un miroir inversé, qui fascine et inquiète. De même, l'Orient offre un cadre géographique qui favorise l'itinéraire, la fuite et la solitude : Zadig traverse des déserts, il rencontre des nomades et des brigands dignes d'Ali Baba, il croise d'autres solitaires ou « ermites ». Enfin et surtout, le conte oriental a pour fondement un récit de vie. Il met en scène des personnages dont le destin est suspendu aux caprices d'un pouvoir ou d'un sort incompréhensible : l'avenir est opaque et risqué. Le héros, parfait et astucieux, sans cesse aux aguets, doit s'adapter pour échapper au destin. Il doit compter sur sa sagacité, chaque jour (ou chaque nuit, mille et une fois), pour survivre. Le roman d'apprentissage prend ainsi une forme extrême, une fois situé en Orient : il accentue les thèmes de la précarité de la condition humaine, à la merci du destin et du hasard. Voltaire ne pouvait mieux choisir pour un conte consacré au thème de la Providence.

PARODIE ET STÉRÉOTYPES

Un conte comme *Zadig* s'adresse à un public de lecteurs de romans plus que de traités philosophiques. Voltaire utilise cette pratique de lecture. Il donne à son conte une superstructure romanesque : le « retardement d'amour ». Deux amants doivent surmonter maints obstacles pour se retrouver enfin : le meurtre (IX), l'esclavage (X), l'exil (VIII), les combats (IX, XIV-XV), les captures (X, XIV). Mais l'auteur emprunte aussi à toute la typologie romanesque. Il se souvient des romans héroïques, invraisemblables (revers de fortune, fuites, duels, événements politiques énormes, vaste voyage), des romans picaresques et d'apprentissage (héros idéal et solitaire, naïf face aux dangers du monde, en quête de vérité), des romans comiques (les vertus ridiculisées, les femmes versatiles, les vaniteux ou les riches grotesques), etc. Cette imitation ne concerne pas seulement des thèmes. Voltaire se moque aussi du style de certains romans nobles, par exemple à travers le langage d'Astarté (XVI). Il dénonce le « beau langage » par la répétition insistante des mêmes clichés de langue. En réalité, cette parodie est une critique de la vie elle-même, présentée comme un mauvais roman, où tout est livré au hasard le plus absurde, où le héros doit se réaliser seul au contact du monde. C'est l'action, un peu bousculée par les événements, qui permet à Zadig d'échapper au pessimisme, au désespoir, face au règne du hasard. Grâce au rythme des aventures, le fond tragique est parfois frôlé (XVIII) mais jamais développé, pour garder l'agrément.

UN GENRE UTILISÉ ET DÉNONCÉ : LA « DISTANCIATION »

Quand on lit la définition du conte donnée par l'*Encyclopédie* (*« Récit fabuleux dont le but est moins d'instruire que d'amuser »*), on voit bien que Voltaire s'en écarte. Il utilise un genre irrationnel pour faire la critique de ce qui trouble la raison. Il a recours au merveilleux et à l'imaginaire tout en les dénonçant, pour obliger son lecteur à se regarder lire, à percevoir les tromperies, les raisonnements viciés, les crédulités. La fiction propre au conte est pour Voltaire le moyen de mettre à nu la réalité sous ses aspects les plus saugrenus. La fantaisie n'est jamais innocente : elle s'inscrit toujours dans un projet philosophique, dans une propagande. Chaque conte développe une thèse : *Zadig* essaie de résoudre la question du destin et de comprendre pourquoi des malheurs arrivent aux hommes de bien. Comme le texte est forcément bref, Voltaire cherche une visibilité immédiate (d'où l'exagération, le rythme rapide, le burlesque). Pour s'attaquer aux préjugés et aux imbéciles, il faut les ridiculiser, c'est-à-dire rapetisser, réduire, rendre extérieur et absurde. Mais, en même temps, il ne faut pas que le comique l'emporte, sinon on rirait sans y réfléchir davantage. Le badinage doit simplement souligner la raillerie. Le conte est donc en soi une ironie* : il nous enseigne à ne pas être dupes, pas même des ficelles littéraires qui le constituent. Ainsi, dans *Zadig*, l'imagination « à l'orientale » est à la fois sollicitée et dénoncée. Le merveilleux finit souvent par être rationalisé, soit par le héros lui-même (voyez les épisodes du chien et du cheval [III], de la danse [chapitre ajouté], du basilic [XVI], des énigmes [XIX]), soit par des intrusions d'auteurs (XVIII, par exemple). Comme l'a montré J. Van den Heuvel, le décor lui-même est traité comme mythe : à mesure que le destin de Zadig s'obscurcit, le pittoresque* prend l'avantage et s'impose à l'imagination (VIII à XVII). Quand la raison claire a le dessus, le pittoresque* s'évanouit (I-VI et XVIII-XIX). L'intrigue elle-même se complique et devient surchargée en même temps que le décor s'épaissit, à mesure que Zadig voit le sens de sa destinée lui échapper. Bref, Voltaire ménage partout une « distanciation » : le lecteur doit conserver sa distance avec l'objet littéraire et ne pas se laisser bercer d'illusions.

LES TECHNIQUES MÊLÉES DU CONTE PHILOSOPHIQUE

Le conte n'est pas « philosophique » parce qu'il est arme de combat, mais parce qu'il illustre une interrogation inquiète sur l'existence humaine. Zadig, qui est malheureux chaque fois qu'il pense, incarne cette quête insatisfaite. Voltaire rêve d'un ordre idéal (politique et moral) mais ne peut que constater l'absurde réalité. Le conte est la projection dramatisée de cette impasse intérieure. L'auteur a beau se méfier des fables, ce sont elles qui expriment le mieux sa vision d'un monde dominé par la déraison. Pour formuler cette crise, *Zadig* mêle les registres. On y trouve du sarcasme amer (VIII-X), voire du désespoir (XIV), mais la dépression recule devant la nervosité – et la conclusion est optimiste (si on fait semblant d'y croire). L'alternance du positif et du négatif n'est pas seulement là pour donner du rythme au récit. Elle oblige la conscience du lecteur à rester en éveil. Voltaire combine donc le plaisir d'écrire, par l'humour* et les jeux de mots, et la volonté de dénoncer. Il en résulte une forme d'humour* noir et des épisodes de longueurs inégales, selon que le jeu l'emporte (IX ou fin du chapitre XVI, par exemple) ou que la réflexion prend de l'ampleur (IV, XVIII). Ces variations sont favorisées par trois principes : l'appel à l'imagination (par l'exotisme et le merveilleux, surtout) ; les effets de réel (par les allusions lisibles à l'actualité) ; l'omniprésence du conteur qui « tire les ficelles » pour nous conduire à la morale finale.

LE STYLE PERCUTANT

L'écriture de Voltaire vise à l'efficacité. Son style, au service de son art, devient une arme pour ridiculiser les idées qu'il combat. Comme dira Valéry : *« Par le seul pouvoir de sa plume, rien qu'avec de l'esprit, il remue, il ébranle toute son époque »*. Voltaire parlait volontiers de sa *« rage d'écrire »*, mélange d'impatience et de plaisir. Relevons quelques aspects du style voltairien dans *Zadig*.

La schématisation

•

Pour que le lecteur ne se mette pas à sympathiser avec les personnages (ce qui détournerait le conte de sa fonction), l'auteur a recours à une schématisation. Il trace des silhouettes : le héros qui a toutes les qualités, les femmes capricieuses, l'obèse Ogul, le poussif et vaniteux Itobad, l'*« archimage »* Yébor haineux et borné, etc. Les êtres sont programmés : leurs paroles et leurs actions sont prévisibles. Il en résulte un confort de lecture. Mais l'auteur nous fait aussi réfléchir au déterminisme* qui dicte à jamais les comportements.

Le rythme

Le conte est une démonstration : Voltaire sait où il veut conduire son lecteur. À l'origine, le conte est écrit pour des enfants. Avec son auditoire adulte, l'auteur procède de façon qu'il soit pris au jeu, par un rythme ininterrompu qui fait oublier le reste. Voyez les fins de chapitres qui, comme dans les bandes dessinées, ménagent un effet de surprise ou d'attente pour que nous nous précipitions sur la suite. Nous sommes dans un monde bousculé, où le repos et le recul sont bannis. D'où le recours aux phrases brèves et limpides.

Le prévisible

La narration est guidée par un jeu de prévisibilité. Telle est la fonction des titres de chapitres, de certains noms de personnages (qui servent d'emblée de « programme »), de système d'échos (les histoires répétées et « parallèles », comme celles qui nous renseignent sur la chute de Moabdar). Cette méthode transforme le destin en spectacle et empêche l'émotion. Cet effet est renforcé par divers systèmes de représentation : compression (quelques lignes résument de longues durées), grossissement (par quelques détails crus ou réalistes), merveilleux romanesque, allusions à l'actualité, polissonneries, etc. Ces méthodes imposent un mode de lecture instable, comme l'est la vie elle-même : une image philosophique se dessine au travers du style narratif. La philosophie se fait conte.

La connivence

Il faut faire du lecteur un complice. On lui adresse donc des clins d'œil sur l'actualité (cf. p. 166). Mais le contact est maintenu par l'humour*, lequel prend surtout la forme de l'ironie* : on donne comme réel et acceptable ce qui est faux ou inadmissible. Ce procédé crée le doute, mais avant tout il amuse directement, sans le détour d'une explication complexe. Ainsi jaillit l'absurde, d'évidence. Là encore, ce choix correspond à la théorie du destin illustrée par *Zadig*. Le destin ressemble à une succession décousue d'épisodes aussi imprévus qu'injustifiés. Le récit épouse donc cette loi du hasard. Zadig fuit en réaction à des événements : sa volonté n'y est pour rien. Les aléas et l'incohérence de la vie sont moins dénoncés que reproduits. L'auteur, comme Dieu, conduit les choses d'une manière arbitraire, ingrate, confuse – jusqu'à la conclusion qui résout tous les problèmes. C'est, au fond, la structure d'un roman policier, comme le laissent entendre divers épisodes du récit où une sagacité supérieure finit par expliquer un apparent chaos (III, IV, VII, XII, XIII, XIX). Le thème de l'énigme à résoudre est très récurrent dans *Zadig*.

Série de portraits de Voltaire,
gravure à l'eau forte de 1780. Paris, B.N., Est.

AU MOMENT DE LA PARUTION

Les thèses du conte ont été assez bien accueillies car elles exprimaient la pensée de Leibniz (cf. p. 170). Cette pensée conciliante avait l'avantage de résoudre la question du destin sans heurter les rationalistes (le monde paraît mal fait) ni les croyants (c'est que les desseins de Dieu nous échappent). Au XVIIIe siècle, la critique a surtout concerné le style. Les uns y prenaient plaisir :

> *Il se trouve dans ce livre* [Zadig] *plusieurs principes qui ne seront pas approuvés généralement, mais on y découvre beaucoup de génie et d'invention, et l'auteur a le secret de paraître original même lorsqu'il n'est qu'imitateur. Son style est naturel, peut-être quelquefois négligé, mais toujours vif et agréable. Son héros est un philosophe charmant, qui joint aux lumières que fournit l'étude, toutes les grâces qu'on puise dans le commerce du grand monde.*
>
> *Mercure de France*, novembre 1748.

> *Cet ouvrage* [Zadig] *est singulier partout, même dans l'approbation... L'auteur, qui nous est inconnu, doit avoir bien de l'esprit, un grand usage d'écrire, et beaucoup de connaissances. Il raconte avec légèreté et peint avec grâce. Son héros est Zadig, homme d'aventures et tout aimable. Il a toutes les qualités, celles même des philosophes ; il sait tout, parle de tout, juge toute espèce d'affaire sans pédanterie, sans affectation, sans prendre jamais le change. Un seul point ne lui est pas assez connu, c'est l'obligation de respecter les ordres de la Providence ; ses malheurs le font murmurer quelquefois contre elle ; mais sur la fin de l'ouvrage, un esprit céleste lui apprend « à ne pas vouloir juger d'un tout dont il n'aperçoit que la plus petite partie ». Telles sont les voies de la Providence, nous ne les envisageons ordinairement que d'un côté, tout le reste nous échappe.*
>
> *Mémoires de Trévoux*, novembre 1748.

D'autres faisaient la fine bouche :

> Zadig ou la Destinée, histoire orientale, *est un nouveau roman qui mérite quelque attention. Il n'y a point d'intérêt ; ce sont des contes de quelques pages, détachés les uns des autres, et qui sont extrêmement froids. Point d'instruction ; ces contes roulent sur des matières frivoles ou sur quelques objets de morale superficiellement traités. Point de sentiment ; je ne me souviens pas d'avoir guère lu rien d'aussi sec ; peu d'esprit, les pensées y sont rares et même fort communes. Il règne en revanche dans ce petit ouvrage une correction de style, un naturel d'expression, un respect pour les mœurs et pour le culte reçu, qu'on n'avait vus depuis longtemps dans aucun livre de ce genre. Les gens du monde, les femmes*

principalement, en font peu de cas; les vrais connaisseurs et les gens de métier en pensent beaucoup plus avantageusement.

Abbé Raynal, *Nouvelles littéraires*, 1749.

Voltaire en veut à tous les piédestaux... Il aura beau faire, beau dégrader; je vois une douzaine d'hommes dans la nation qui, sans s'élever sur la pointe du pied, le passeront toujours de la tête. Cet homme n'est que le second dans tous les genres.

Diderot, Lettre à Sophie Volland, 12 août 1762.

Seul Rousseau, avec quelque mauvaise foi, a récusé *Zadig*, en affectant de croire que Voltaire y présente un Dieu malfaisant, attaché à nuire à ses meilleures créatures :

Voltaire, en paraissant toujours croire en Dieu, n'a réellement jamais cru qu'au diable, puisque son Dieu prétendu n'est qu'un être malfaisant qui, selon lui, ne prend de plaisir qu'à nuire. L'absurdité de cette doctrine, qui saute aux yeux, est surtout révoltante dans un homme comblé de biens, qui, du sein du bonheur, cherche à désespérer ses semblables par l'image affreuse et cruelle de toutes les calamités dont il est exempt. Autorisé plus que lui à compter et peser les maux de la vie humaine, j'en fis l'équitable examen, et je lui prouvai que de tous ces maux, il n'y en avait pas un dont la Providence ne fût disculpée, et qui n'eût sa source dans l'abus que l'homme a fait de ses facultés plus que dans la nature elle-même... Depuis lors, Voltaire a publié cette réponse qu'il m'avait promise, mais qu'il ne m'a pas envoyée. Elle n'est autre que le roman de Candide, *dont je ne puis parler, parce que je ne l'ai pas lu.*

Rousseau, *Confessions IX*, vers 1769-1770.

AU XIXe SIÈCLE

Ce siècle n'a pas compris tout de suite l'importance des contes dans l'œuvre de Voltaire. On le voyait surtout comme un historien. Et, avec le regain de religiosité propre au romantisme, l'esprit frondeur de Voltaire était parfois mal accepté :

Voltaire édifie et renverse; il donne les exemples et les préceptes les plus contraires. Il élève aux nues le siècle de Louis XIV, et attaque ensuite en détail la réputation des grands hommes de ce siècle; tour à tour, il encense et dénigre l'antiquité. Tandis que son imagination vous ravit, il fait luire une fausse raison qui détruit le merveilleux, rapetisse l'âme et montre sous un jour hideusement gai l'homme à l'homme. Il charme et fatigue par sa mobilité; il vous enchante et vous dégoûte; on ne sait quelle est la forme qui lui est propre : il serait insensé s'il n'était sage, et méchant si sa vie n'était remplie de traits de bienfaisance.

Chateaubriand, *Génie du Christianisme*, 1802.

Dors-tu content, Voltaire, et ton hideux sourire
Voltige-t-il encor sur tes os décharnés ?
Ton siècle était, dit-on, trop jeune pour te lire ;
Le nôtre doit te plaire, et tes hommes sont nés.
Il est tombé sur nous, cet édifice immense
Que de tes larges mains tu sapais nuit et jour.

Musset, *Rolla*, 1833.

Mais la question concernait aussi sa méthode de vulgarisation. Pour les uns[1], elle était réductrice et superficielle. Pour d'autres, au contraire, elle réalisait une synthèse habile :

> *Sans sortir du ton de la conversation ordinaire, et comme en se jouant, Voltaire met en petites phrases portatives les plus grandes découvertes et les plus grandes hypothèses de l'esprit humain, les théories de Leibniz, Malebranche, Locke et Newton, les diverses religions de l'antiquité et des temps modernes, tous les systèmes connus de physique, de physiologie, de géologie, de morale, de droit naturel, d'économie politique* [...] *Sa pente est si forte de ce côté qu'elle l'entraîne trop loin ; il rapetisse les grandes choses, à force de les rendre accessibles* [...] *Mais quel attrait pour des Français, pour des gens du monde, et quel lecteur s'abstiendra d'un livre où tout le savoir humain est rassemblé en mots piquants ?*
>
> Taine, *Essais de critique et d'histoire*, 1865.

AU XXe SIÈCLE

Les commentateurs modernes ont beaucoup insisté sur les rapports intimes entre l'auteur et son texte. Ainsi Voltaire écrirait-il des contes parce que sa vie elle-même est un conte :

> *La vie même de Voltaire a l'air d'un conte d'entre ses contes. Il y a du vaudeville, de la féerie, des reflets de drame et des apothéoses dans son histoire. Il se fait admirer, adorer, abhorrer, haïr et vénérer, bâtonner, couronner, avec une sorte de maîtrise encyclopédique dans l'art de susciter les sentiments les plus divers, de se créer des ennemis mortels, des dévots et des fanatiques, de n'être indifférent à personne, tandis que rien d'humain ne lui est étranger et qu'une curiosité jamais satisfaite le tourmente. Tout excite son désir de connaître, de réduire, de combattre* [...]
>
> P. Valéry, *Discours sur Voltaire* du 10 décembre 1944.

---

1. Cf. Madame de Staël, *De la Littérature*, 1800.

Et *« le conte permet à la confidence de se faire jour »* :

> *En fait, dense et léger tout à la fois, le conte voltairien offre cette particularité remarquable que la fantaisie et la vérité, intimement mêlées l'une à l'autre, s'y renforcent mutuellement. Voltaire gagne sur les deux plans : le besoin qu'il a de parler de lui, de se manifester, n'a d'égal que son extrême pudeur à faire trop directement allusion à ce qu'il y a de plus profond en lui-même. Fondamentalement inapte à la confession, ce professionnel de la pirouette nous permet rarement d'accéder à sa vie intérieure ; mais la forme du conte permet à la confidence de se faire jour à travers un voile d'humour et d'ironie.*
>
> J. Van den Heuvel, *Voltaire dans ses contes*, A. Colin, 1967.

Mais le débat sur le problème du destin n'est pas clos. Certains[1] insistent sur la représentation sarcastique de l'absurdité du monde, voire sur le tragique de la condition humaine selon *Zadig*. D'autres se contentent d'y voir une historiette et un *« conte de fée »* :

> *Cet homme voit sa maison brûler : mais c'est que, sous les ruines, il trouvera un trésor ; cet enfant nous le tuons : c'est pour qu'il ne soit pas, un jour, assassin ou tué lui-même. Il y a bien de l'enfantillage (si toutefois, mais il semble, Voltaire parle ici sérieusement) : non pas dans l'idée, mais dans la formule. Ces historiettes sentent le conte de Noël, le livre pour enfants, le conte de fées moral. Heureux qui s'en contente. On voudrait bien en être encore. Ce sera, malheureusement, de moins en moins possible, au fur et à mesure que s'entassent des siècles lourds.*
>
> V.-L. Saulnier, *Introduction à « Zadig »*, Droz, 1946.

D'autres enfin préfèrent souligner qu'un conte voltairien est la « fête de l'esprit » :

> *Voltaire s'amuse. Puis il est sérieux, paradoxal, ironique ; il traite des plus graves questions à partir des plus minces sujets, ou l'inverse. Il a une envergure de pensée qui fait défaut à un Saint-Simon ; ses expériences sont plus variées, ses curiosités plus étendues que celles de Montaigne. C'est une fête de l'esprit que de retrouver toutes les matières, ou peu s'en faut, de la culture humaine, repensées, et exprimées, au cours d'un long « propos » de plus d'un demi-siècle, par l'un des hommes les plus intelligents et les plus vivants qui aient jamais été.*
>
> R. Pomeau, *Voltaire par lui-même*, 1955.

1. R. Mauzi, *L'idée de bonheur dans la pensée et la littérature française du XVIIIe siècle*, A. Colin, 1960.

Toute œuvre littéraire reflète le moment où elle est écrite. Nous proposons ici quelques repères culturels et historiques dont on retrouve la trace, même lointaine, dans le conte.

UN ROI PEU TENTÉ PAR LE DESPOTISME ÉCLAIRÉ

Après la prospérité d'un début de règne marqué par l'essor économique et l'expansion coloniale, le roi Louis XV, qui prétend pourtant régner seul, semble ne guère se passionner pour sa charge. Il préfère ses « petits appartements » de Versailles et subit l'influence de sa favorite, la marquise de Pompadour (à partir de 1745). Il n'a guère de goût pour le travail et a été mal préparé à son métier de roi... C'est un indécis, qui manque de constance pour imposer de vraies réformes. Lors de la création d'un impôt de 5 % sur tous les revenus (en 1749), appelé *« le vingtième »*, les privilégiés protestent et l'Église obtient son exemption. C'est sur la masse du peuple que l'impôt retombe. Dans le même temps, les dépenses personnelles du roi pour ses « menus plaisirs » augmentent. Le mécontentement s'accroît et les penseurs critiques en profitent, notamment Diderot : c'est dans cette période que le projet de l'*Encyclopédie* prend corps. Plus significatif encore : Montesquieu publie *De l'esprit des lois* en 1748, au moment où paraît *Zadig*. Il y montre que les lois ne peuvent dépendre de la fantaisie du législateur et que le meilleur des types de gouvernement est la « monarchie à l'anglaise », contrôlée par les représentants de la nation. Il y propose aussi la séparation des pouvoirs (exécutif, législatif, judiciaire). Incapables, pour l'instant, d'imaginer un véritable processus révolutionnaire (que d'ailleurs ils ne souhaitent pas), les philosophes rêvent d'un monarque éclairé. Mais Louis XV n'a pas une formation administrative et politique suffisante : il assiste aux conseils comme un spectateur peu intéressé, hésitant devant toute initiative, laissant agir ses ministres, préférant ses parties de chasse. Voltaire lui-même a eu à souffrir de ce caractère ombrageux et indécis : admis à la Cour et couvert de gloire, il sait que le roi laisse circuler des billets infamants et tient en privé des propos hostiles à Voltaire. Le philosophe ne sait pas si sa faveur sera durable. Le roi lui paraît *« pieux, vaniteux, faible, prisonnier des intrigues »*. La monarchie éclairée, qu'il appelle de ses vœux, ne se réalise pas.

→ Cf. dans *Zadig* : la critique de l'absolutisme et du règne des favorites (Missouf) ; le thème des envieux et de la jalousie des rois ; la satire des mœurs de sérail ; les interdits, politiques et judiciaires, imposés contre la libre-pensée ; la chute du monarque influençable et son remplacement par *« le meilleur des hommes »* ; le rêve final du despotisme éclairé ; les chapitres où Zadig est un ministre énergique, juste et bienfaiteur.

DES PRIVILÈGES CONTESTÉS

Les deux grands ordres privilégiés sont le clergé et la noblesse. Mais ils ne participent guère à l'expansion économique. Ils dépendent de la richesse créée par la bourgeoisie, tout en s'opposant à ses idées de réforme. Ils luttent pour conserver des avantages acquis. L'Église est riche. Elle détient 10 % des terres du royaume, 15 % de la totalité des biens immobiliers, qui lui rapportent environ 100 millions de livres par an. Les diverses « dîmes » produisent aussi 120 millions. Mais, surtout, sa puissance est immense : elle régente les collèges et les universités ; elle dispose de l'état civil (baptêmes, mariages, décès) et le refuse aux incroyants. L'élite du clergé est nommée par le roi au sein de la haute noblesse. La noblesse elle-même se divise en deux catégories : celle qui vit à la Cour et qui s'y ruine au point de dépendre de plus en plus des riches bourgeois qu'elle méprisait ; celle qui vit en province, sur ses terres, moins riche mais très attachée à ses droits seigneuriaux. La monarchie, la noblesse et le haut clergé doivent ménager la bourgeoisie qui produit l'essentiel de la richesse nationale (financiers, professionnels du monde judiciaire, commerçants, petits industriels, etc.) mais elles ne la laissent pas atteindre aux grades élevés de l'Église ou de l'armée. La contestation parlementaire et les tensions politiques trouvent un aliment dans cette situation bloquée.

→ Cf. dans *Zadig* : l'image dégradée des hommes de pouvoir, notamment des juges et des prêtres (qui sont souvent les deux à la fois) ; les tenants de la science officielle qui refusent d'entendre les justes déductions du héros ; les « gros » inactifs et vaniteux (Ogul, Itobad) ; les hommes de commerce, intelligents et productifs (Sétoc) ; la conversion des méchants en hommes de bien dès qu'ils trouvent leur juste place dans la société (Arbogad) ; Zadig, bourgeois devenu roi par élection.

LA « DÉRÉGLEMENTATION » ET LES AMBITIONS NOUVELLES

Les cloisonnements de la société ne permettent pas facilement aux jeunes bourgeois de « se faire une place », de « faire carrière ». La jeune génération doit affronter divers obstacles sociaux, trouver des protecteurs dans la noblesse, passer par l'éducation qui est aux mains de l'Église. Zadig, au début, croit qu'il suffit que rien ne bouge pour qu'il ait le bonheur et qu'il soit reconnu. Il pense que sa vertu sera naturellement récompensée. En réalité, il va lui falloir sombrer, puis franchir bien des obstacles avant de devenir roi – et il le devra moins à son mérite qu'à sa chance. Au fond, Zadig incarne bien la nouvelle bourgeoisie du milieu du siècle : elle est préoccupée des questions intellectuelles ; elle a des ambitions et veut participer au gouvernement ; elle se méfie des querelles religieuses ; elle est pragmatique et se soucie de l'intérêt public ; elle est capable d'ascension rapide. Face à cette poussée d'ambition et d'intérêt, l'immobilisme n'est plus possible mais les réformes sont anarchiques et ne réussissent guère. Le ministère du cardinal Fleury (1726-1743) a surtout cherché à maintenir l'ordre et le calme, en réprimant l'agitation religieuse. Mais les assises restent fragiles : Paris a même connu la disette en 1740, à la suite de mauvaises récoltes – et elle n'a pas oublié la faillite des expériences financières des années 1715-1720. Dans le même temps, naît ce qu'on appellerait aujourd'hui « l'opinion publique » (journaux, clubs, cafés, salons, etc.) qui entretient une effervescence des idées et demande une sorte de libéralisme économique et de « déréglementation ». Le thème du chaos des destinées, traité par *Zadig*, reflète une volonté de comprendre le sens de l'histoire et aboutit à l'apologie* de la réussite autonome qui permet de changer de condition : *« le grain de sable peut devenir diamant »* (XIV).

→ Cf. dans *Zadig* : le destin de Zadig ; les divers changements de condition qui atteignent tous les personnages ; les récits d'ascension sociale (Sétoc, Almora, Arbogad) ; les hommes sans scrupules qui « parviennent » (Orimaze, Itobad) ; les femmes qui touchent au pouvoir (Astarté, Missouf) ; le renversement des rois ; l'apologie* de l'entregent (Cador) et de l'action (Ogul).

LA NATURE DU PROBLÈME POSÉ

Le débat sur la Providence repose sur la constatation d'une contradiction. Comment croire en un Dieu bon et parfait, qui a la toute-puissance, quand la réalité nous montre le règne du mal et des injustices ? La théologie chrétienne a résolu cette difficulté par le dogme du « péché originel » : les hommes sont libres de faire le mal et sont responsables du déséquilibre dans la création. Dieu est innocent. Mais cette réponse paraît incomplète, pour deux raisons. D'abord, il faudrait démontrer ce qu'on entend par liberté humaine, quand des déterminismes* exercent partout leur influence. D'autre part, le mal se manifeste aussi sous la forme physique (catastrophes naturelles, etc.), accablant des innocents. Les hommes n'y sont pour rien. Rien n'explique que Dieu le tolère, sauf à croire en une vengeance céleste toujours assoiffée de punition. Pour dépasser l'ensemble de ces incompatibilités, certains penseurs proposent la théorie de la Providence : oui, il y a des malheurs injustifiables et incompréhensibles, aux yeux des mortels. Mais ils participent aux desseins de la divinité. À échelle humaine, nous ne les comprenons pas. La Providence voit plus loin (c'est le sens propre du mot) : de tout mal peut naître un bien. Seul Dieu sait où va le monde et maîtrise la raison des choses.

LA QUESTION DE LA LIBERTÉ HUMAINE

Ce ne sont pas seulement des raisons théoriques qui ont conduit les philosophes du XVIIIe siècle à s'intéresser à la question de la liberté humaine. Au contraire, c'est l'intérêt pour les sciences exactes, et notamment pour les sciences naturelles, qui a ravivé la réflexion. On découvre combien chaque homme subit de déterminismes* : biologiques, climatiques, culturels, religieux. On montre que la civilisation a peut-être détruit la bonté naturelle des hommes (surtout à travers le mythe du « bon sauvage »). On étudie l'influence des sens sur l'intelligence et la morale (Condillac, Diderot). On critique la notion même de « nature humaine », puisque chaque culture produit des comportements différents. On écrit sur le « fatalisme* ». Bref, on s'intéresse aux diverses formes de l'aliénation et du conditionnement. La pure liberté est un leurre. Voltaire a placé le problème de la liberté au centre de sa pensée : non seulement il a combattu tout ce qui gêne le libre arbitre et l'indépendance privée, mais encore il s'est penché sur les textes savants. Trois auteurs l'ont spécialement attiré : Spinoza (1632-1677) qui soutient que les actions humaines, comme celles de Dieu, sont régies par la nécessité ; Samuel

Clarke (1675-1729) qui réfute Spinoza et qui croit en la liberté absolue des créatures. Le troisième est G.-F. Leibniz (1646-1716). C'est à lui surtout que Voltaire s'intéresse.

LE POINT DE VUE DE LEIBNIZ

Leibniz se place sur un plan théorique. Dans ses *Essais de théodicée* (1710), il concilie l'existence du mal et la justice divine : l'univers créé par Dieu est à la fois imparfait et excellent. Imparfait, parce que chaque être tend à sa réalisation en dépit des autres, d'où les conflits et les malheurs. Excellent, parce que Dieu a tout de même créé, avec ces forces disparates, le *« meilleur des mondes possibles »*. Autrement dit, tout n'est pas bien, mais *le* Tout est bien. La Création est une sorte d'équilibre, de combinaison : malgré les accrocs, elle est globalement ce que Dieu peut produire de mieux. Un disciple de Leibniz, l'anglais Pope, dans son *Essai sur l'homme* (1732), accentue encore les vues leibniziennes en disant que l'homme ne peut se mêler de juger ou de vouloir changer l'ordre du monde, car l'harmonie générale ne dépend pas des intérêts de chaque particulier. Le bonheur collectif l'emporte sur les désirs particuliers : *« Tout ce qui est, est bon »* (*« whatever is, is right »*). Wolff (1679-1754) dit à peu près la même chose.

L'ÉVOLUTION DE VOLTAIRE

Au moment où il écrit *Zadig*, Voltaire commence à perdre de son optimisme. Il se méfie naturellement des idées abstraites, qui lui ont toujours paru stériles : *« Toute la Théodicée de Leibniz ne vaut pas une expérience de Nollet* [le physicien] » (lettre du 13 mars 1739). Mais il n'a pas encore tourné le dos à l'espérance. Ce n'est que dix ans plus tard, avec *Candide*, qu'il réglera son compte à *« la rage de soutenir que tout est bien quand tout va mal »*. Le pessimisme sarcastique sera alors à son comble. Pour l'heure, Voltaire a commencé par chanter sa confiance dans l'action des hommes. Il les croit capables de construire un monde meilleur. Il se fait le défenseur des idées de progrès. Il s'en prend à la misanthropie de Pascal (*XXVe Lettre philosophique*, 1734). Il loue les plaisirs de la civilisation et même du luxe (*Le Mondain*, 1734). C'est avec *Zadig* que sa pensée commence à s'infléchir. On ne sait trop d'ailleurs s'il faut croire à la conclusion, résolument merveilleuse. Et la rencontre de Zadig avec la révélation ne se fait pas dans la soumission totale (*« Mais* [...], *dit Zadig »*). Le conte est donc le reflet d'une pensée qui se cherche, comme le prouve la correspondance voltairienne du même moment : *« Je ne vis point comme je voudrais vivre. Mais quel est l'homme qui fait son destin ? Nous sommes dans cette vie des marionnettes que Brioché mène et conduit sans qu'elles s'en doutent»* (lettre à Cideville, janvier 1748).

LA TENTATION DU SILENCE FACE AU «DESSEIN DE DIEU»

Avant de passer à la révolte et à l'attaque frontale, celles de *Candide*, Voltaire a hésité entre plusieurs attitudes. Mais, fondamentalement, il a surtout soutenu que l'homme ne peut pas comprendre le mystère du sens de l'existence. Autant ne pas s'en préoccuper trop et tâcher de faire son devoir d'homme en société. Deux documents sont très éclairants à ce sujet :

> *Le Sirien* [Micromégas] *reprit les petites mites* [les hommes] *: il leur parla encore avec beaucoup de bonté, quoiqu'il fût un peu fâché dans le fond du cœur de voir que les infiniment petits eussent un orgueil presque infiniment grand. Il leur promit de leur faire un beau livre de philosophie, écrit fort menu pour leur usage, et que dans ce livre ils verraient le bout des choses. Effectivement, il leur donna ce volume avant son départ : on le porta à Paris à l'Académie des sciences ; mais, quand le secrétaire l'eut ouvert, il ne vit rien qu'un livre tout blanc : Ah ! dit-il, je m'en étais bien douté.*
>
> Voltaire, *Micromégas*, chapitre 7, «Conversation avec les hommes», 1752.

> En voyant l'aveuglement et la misère de l'homme, et ces contrariétés étonnantes qui se découvrent dans sa nature, et regardant tout l'univers muet, et l'homme sans lumière, abandonné à lui-même, et comme égaré dans ce recoin de l'univers, sans savoir qui l'y a mis, ce qu'il y est venu faire, ce qu'il y deviendra en mourant, j'entre en effroi comme un homme qu'on aurait emporté endormi dans une île déserte et effroyable, et qui s'éveillerait sans connaître où il est et sans avoir aucun moyen d'en sortir ; et sur cela j'admire comment on n'entre pas en désespoir d'un si misérable état.
>
> *En lisant cette réflexion, je reçois une lettre d'un de mes amis, qui demeure dans un pays fort éloigné. Voici ses paroles :*
>
> *«Je suis ici comme vous m'y avez laissé, ni plus gai, ni plus triste, ni plus riche, ni plus pauvre, jouissant d'une santé parfaite, ayant tout ce qui rend la vie agréable, sans amour, sans avarice, sans ambition et sans envie ; et tant que tout cela durera, je m'appellerai hardiment un homme très heureux.»*
>
> *Il y a beaucoup d'hommes aussi heureux que lui. Il en est des hommes comme des animaux ; tel chien couche et mange avec sa*

maîtresse ; tel autre tourne la broche et est tout aussi content ; tel autre devient enragé, et on le tue. Pour moi, quand je regarde Paris ou Londres, je ne vois aucune raison pour entrer dans ce désespoir dont parle M. Pascal ; je vois une ville qui ne ressemble en rien à une île déserte, mais peuplée, opulente, policée, et où les hommes sont heureux autant que la nature humaine le comporte. Quel est l'homme sage qui sera prêt à se pendre parce qu'il ne sait pas comme on voit Dieu face à face, et que sa raison ne peut débrouiller le mystère de la Trinité ? Il faudrait autant se désespérer de n'avoir pas quatre pieds et deux ailes.

Qu'on s'imagine un nombre d'hommes dans les chaînes, et tous condamnés à la mort, dont les uns étant chaque jour égorgés à la vue des autres, ceux qui restent voient leur propre condition dans celle de leurs semblables, et, se regardant les uns les autres avec douleur et sans espérance, attendent leur tour. C'est l'image de la condition des hommes.

Cette comparaison assurément n'est pas juste : des malheureux enchaînés qu'on égorge l'un après l'autre, sont malheureux non seulement parce qu'ils souffrent mais encore parce qu'ils éprouvent ce que les autres hommes ne souffrent pas. Le sort naturel d'un homme n'est ni d'être enchaîné ni d'être égorgé ; mais tous les hommes sont faits, comme les animaux et les plantes, pour croître, pour vivre un certain temps, pour produire leur semblable et pour mourir. On peut dans une satire montrer l'homme tant qu'on voudra du mauvais côté ; mais, pour peu qu'on se serve de sa raison, on avouera que de tous les animaux l'homme est le plus parfait, le plus heureux, et celui qui vit le plus longtemps. Au lieu donc de nous étonner et de nous plaindre du malheur et de la brièveté de la vie, nous devons nous étonner et nous féliciter de notre bonheur et de sa durée. À ne raisonner qu'en philosophe, j'ose dire qu'il y a bien de l'orgueil et de la témérité à prétendre que par notre nature nous devons être mieux que nous ne sommes.

Réponse aux *Pensées* de Pascal, *Lettres philosophiques*, XXVe lettre, paragraphes 6 et 28, 1734.

D'une manière générale, la plupart de penseurs du XVIIIe siècle partagent ce point de vue. Ils ont conscience que le destin n'est écrit nulle part. Diderot, par exemple, se moque beaucoup de la croyance aveugle au destin dans *Jacques le Fataliste*. C'est à l'homme de construire le bonheur sur terre. Le seul optimisme utile est celui qui pousse à la vertu et à l'action. Tel est bien le point de vue de Montesquieu :

Pour être heureux, il faut avoir un objet, parce que c'est le moyen de donner de la vie à nos actions. Elles deviennent même plus importantes selon la nature de l'objet, et, par là, elles occupent plus notre âme.

Voyez ce beau mot dans Plutarque : « Oui ! si le bonheur étoit à vendre. »

On est heureux dans la poursuite d'un objet, quoique l'expérience fasse voir qu'on ne l'est pas par l'objet même ; mais cette illusion nous suffit. La raison en est que notre âme est une suite d'idées. Elle souffre quand elle n'est pas occupée, comme si cette suite étoit interrompue, et qu'on menaçât son existence. Ce qui fait que nous ne sommes point heureux, c'est que nous voudrions être comme des Dieux ; mais il nous suffit bien d'être heureux comme des hommes.

[...]

Pour faire un traité sur le bonheur, il faut bien poser le terme où le bonheur peut aller par la nature de l'Homme, et ne point commencer par exiger qu'il ait le bonheur des Anges ou d'autres Puissances plus heureuses que nous imaginons.

Le bonheur consiste plus dans une disposition générale de l'esprit et du cœur, qui s'ouvre au bonheur que la nature de l'Homme peut prêter, que dans la multiplicité de certains moments heureux dans la vie. Il consiste plus dans une certaine capacité de recevoir ces moments heureux. Il ne consiste point dans le plaisir, mais dans une capacité aisée de recevoir le plaisir, dans une espérance bien fondée de le trouver quand on voudra, dans une expérience que l'on n'a point un certain dégoût général pour les choses qui font la félicité des autres.

Deux choses composent le malheur moral : l'ennui général, qui provient du dégoût ou du dédain de tout ; le découragement général, qui vient du sentiment de sa propre bassesse.

Montesquieu, *Pensées*, paragraphes 551 et 1002.

AMOUR

•

• **Dans le conte** : il est à la fois idéalisé et mis en doute. C'est l'amour de Zadig pour Astarté, devenu idée fixe, qui sert de fil à l'intrigue principale (VIII) et qui provoque la partie « noire » des aventures du héros (IX-XV). Mais le tragique est évité, d'autant que les retrouvailles (XV), après le dur apprentissage de la vie, permettent de renouer avec la chance. Une fois libre et partagé, l'amour va conduire à la victoire sur le destin et à une conclusion idyllique. Cet amour est donc le pôle autour duquel tournent tous les événements, le moyen par lequel Zadig conserve une image positive de soi. C'est parce qu'il est amoureux qu'il supporte les persécutions du sort. L'amour est espérance. Est-ce à dire que l'amour est valorisé dans ce conte ? Certes pas. D'abord, il provoque la chute du héros. Ensuite, les situations amoureuses sont toujours traitées par l'auteur sur le mode ironique, par une parodie* appuyée de la littérature sentimentale (VIII, XV, XVII) ou des contes de fées (XIX) : on sent qu'il ne faut pas prendre ces passages au sérieux. Enfin, le conte présente surtout des formes dégradées de l'amour et du désir, comme pour en dénoncer la duperie et l'illusion : les couples sont infidèles (I-II), les veuves vite consolées (XI), les femmes capricieuses (IX-X), la jalousie s'infiltre partout. Pire, les hommes perdent tout bon sens quand ils sont épris (Missouf et Moabdar). L'ermite démontre d'ailleurs à Zadig la fausseté des sentiments (XVIII). Le seul amour véritable est la compassion et la fraternité humaine, qui console et enrichit (IV, XV).

• **Rapprochements** : Voltaire se moque des romans à l'eau de rose. Il refuse de voir dans l'amour un élan pur de l'âme, contrairement à Rousseau et aux poètes romantiques. Il insiste plutôt sur l'enchaînement négatif que provoque le désir. La rencontre est source d'une cascade d'événements. Voltaire reste un classique, sur ce point : pensez à Racine ou à Mme de Lafayette et, plus tard, à l'*Éducation sentimentale* de Flaubert. Dans la littérature occidentale, l'amour est toujours plus ou moins fatal.

APPRENTISSAGE

•

• **Dans le conte** : Zadig doit s'arracher à l'illusion du monde idéal (I), mais la réflexion solitaire ne suffit pas (III-IV). Pour connaître la vérité du monde, il ne faut pas le penser mais l'affronter par l'expérience, y faire un apprentissage difficile.

Contrairement à ce qui se passe dans d'autres contes, Zadig a beau multiplier les aventures, il n'accède pas par lui-même à la compréhension des choses : la révélation viendra d'ailleurs (XVIII). Cependant, tous les apprentissages ne sont pas vains et ils prouvent que l'homme peut se construire, comme le révèle l'épisode de l'esclavage (X), puisque Zadig refait une ascension sociale rapide, grâce à ses qualités (sagacité, vertu, sagesse). Le destin ne peut empêcher un individu de rester égal à lui-même et d'agir utilement. L'apprentissage de Zadig suit un mouvement alternatif (montée, chute, remontée). Il traverse des situations extrêmes et absurdes (trahisons, morts, fanatisme, désespoir, etc.). Cet apprentissage s'arrêtera quand le héros aura compris qu'il n'y a rien à comprendre. Malgré la fin heureuse, le bilan théorique est donc mitigé, soulignant une acceptation sans enthousiasme.

• **Rapprochements** : à partir du XVIIIe siècle, tous les romans sont plus ou moins des récits d'ascension sociale et/ou d'apprentissage. Voltaire se souvient du roman picaresque (Lesage), des histoires de « paysans parvenus » (Marivaux), des romans de mœurs (Prévost). Souvent les romanciers choisissent une fin amère. Voyez Stendhal *(Le Rouge et le Noir)*, Balzac *(Illusions perdues)*, Flaubert et Maupassant.

BONHEUR

•

• **Dans le conte** : la recherche du bonheur est le mobile principal des aventures de Zadig, puisqu'il s'agit d'échapper aux coups du sort et, surtout, de comprendre les règles de vie qui rendraient heureux, dès lors que la vertu initiale n'y a pas suffi. Voyez le dossier sur *le problème de la Providence*, p. 169. Le conte illustre trois aspects du bonheur : celui qui peut naître dans un monde clos et protégé (I, VII, XIX) – mais il est éphémère, illusoire, menacé ; celui de l'amour (cf. AMOUR) ou de l'amitié –, mais il est instable et provoque les envieux ; celui que procurent les biens de ce monde, amassés par brigandage (XIV) ou par un travail honnête (Sétoc). Dans tous les cas, le bonheur paraît une fiction difficile à atteindre. Il n'est pas garanti en fonction des mérites : des crapules vivent sans scrupules ni remords, heureux et craints (Orcan, Yébor, Orimane, Arbogad) ; de braves gens – à commencer par Zadig – sont accablés par la misère (XV, XVIII) ; la science ne donne nulle joie (IV). Seule constante : l'ennui et l'inactivité sont les ennemis les plus sûrs du bonheur (Ogul, Itobad), alors que la bonté, toujours rayonnante, rend la vie collective supportable (V).

• **Rapprochements** : la conclusion de *Zadig* est peu crédible, inscrite dans la féerie d'une éternité-miracle, même si le pessimisme ne domine pas. La littérature française souligne toujours la relativité et la fragilité du bonheur. On le présente volontiers comme un art de fuir les tracas du monde (La Fontaine, « Le songe d'un habitant du Mogol », *Fables*, XI, 4). Ce thème du bonheur solitaire est poussé à l'extrême par Rousseau *(Rêveries)* et alimente la poésie romantique (Lamartine, *Le Vallon*). D'une manière générale, le bonheur n'a pas de recette : il peut se trouver dans l'affrontement (*Antigone* d'Anouilh), dans la sensualité (Verlaine, Gide), dans le rêve de fuite (thème du « voyage en Orient » au XIXe siècle, Baudelaire). Au XVIIIe siècle, l'exotisme (notamment l'orientalisme, comme dans *Zadig*) et le mythe du « bon sauvage » développent le fantasme d'un bonheur par le retour aux sources (Diderot, Bernardin de Saint-Pierre).

CIVILISATION

•

• **Dans le conte** : Voltaire nous donne ses idées générales sur une société civile idéale telle qu'il la conçoit, à travers Babylone (I, V-VII, XIX). Il insiste surtout sur la séparation des pouvoirs politique et religieux (IV, XIII). Il propose une justice raisonnable et impartiale (VI-VII). Il évoque le choix des meilleurs pour former l'élite qu'on honore ou qui gouverne (V, XVII, XIX). Il défend les beaux-arts et le théâtre (VII). Il souhaite une société mobile où chacun soit reconnu en fonction de ses mérites et de son action (XI-XIII). Mais ces espérances se heurtent à des réalités plus sombres : le fanatisme, l'envie, la vanité, la collusion des prêtres et des juges, la cupidité. La solution politique finale (le despotisme éclairé) paraît affaiblie du fait que les individus, eux, n'ont pas radicalement changé, comme le prouve Itobad (XIX).

• **Rapprochements** : le XVIIIe siècle est passionné par les idées politiques et sociales. Il croit au progrès grâce à la raison, la science, l'esprit critique, la liberté, l'action. Il s'inspire des traditions humanistes qui réhabilitent la dignité humaine (Rabelais, Montaigne). Mais cet idéal se trouve nié par des signes objectifs de décadence ou de corruption, d'où le thème du nécessaire retour au naturel – notamment sous la forme du mythe du « bon sauvage » (les Troglodytes de Montesquieu, les Tahitiens de Diderot, les insulaires de Bernardin de Saint-Pierre). Voltaire lui-même a évolué sur la question (cf. p. 170). On retrouve la même dialectique chez des auteurs modernes, à la fois séduits par le progrès et inquiets de la crise des valeurs (Valéry, Camus).

COMÉDIE HUMAINE

•

• Dans le conte : la duplicité et la mauvaise foi des hommes créent bien des soucis à Zadig. Ce sont d'abord les femmes qui le trompent (I-II), puis ceux qu'il accueille en amis (IV). Ensuite ce sont divers hypocrites : prêtres, courtisans, séductrices. Lui-même se présente comme vrai et honnête : c'est par là qu'il devient favori du roi (V). Mais il se voit bientôt obligé de ruser et de mentir (au moins par omission) pour échapper à des persécutions (III, IV), pour sauver autrui (XI), pour réconcilier des avis différents (XII), pour plaire à son maître (XI, XIII). Comme juge, il décèle la simulation générale (VI-VII). Comme concurrent loyal, il est battu par la tricherie (IV, XVII, XIX). S'il se porte au secours d'une femme battue, elle lui en fait le reproche (IX). Alors qu'il doit tout à son roi-bienfaiteur, il manque lui voler sa femme (VIII). La comédie des hommes, bon gré mal gré, est générale. Les rois eux-mêmes sont menés par le bout du nez (XVI) et perdent leur bon sens. Tout semble faux, surtout ce qui s'enseigne : même les grandes vérités annoncées par l'ermite (XVIII) donnent à Zadig « l'envie d'éclater de rire ».

• Rapprochements : la critique des mœurs est un lieu commun des contes qui ont pour fonction de démasquer les jeux sociaux. Le thème des hommes (et plus encore des femmes) qui jouent la comédie est omniprésent, depuis Montaigne, chez les moralistes du XVIIe siècle (La Fontaine, La Bruyère, *« l'amour-propre »* de La Rochefoucauld). Il se poursuit avec Balzac, Flaubert, et la pensée sartrienne *(Les Mots, La Nausée)*. Le théâtre, en particulier celui de Marivaux, s'amuse des êtres qui se laissent prendre par le personnage qu'ils jouent.

COUR

•

• Dans le conte : le monde de la cour est à plusieurs reprises tourné en dérision (IV-VIII, XVII). La critique des courtisans se formule essentiellement à travers trois types de personnages : les envieux (IV, VIII, XVII), les favorites (IX, XVI), les flatteurs (IV). Des modèles détournés sont perceptibles dans la présentation du roi-brigand (XIV) ou du gros inactif Ogul (XVI) : tous deux possèdent un pouvoir absolu mais dégradé, entretenu par un entourage asservi et hypocrite. Autour du souverain gravitent aussi les prêtres, les coquettes, les conseillers cupides, les arrivistes (XVII) : comparses négatifs qui provoqueront en partie la chute du roi Moabdar (XIV-XVI). Au fond, la cour, agitée d'intrigues et de cabales, est l'envers de l'idéal politique de Zadig, fait de justice, de tolérance, de raison, de désintéressement, de vérité.

• **Rapprochements** : la cour offre un champ d'observation privilégié aux moralistes : *Roman de Renart, Regrets* de Du Bellay, *Fables* de La Fontaine, *Les Caractères* de La Bruyère, *Mémoires* de Saint-Simon, *Gil Blas* de Lesage. C'est pourquoi les romanciers de la psychologie (Mme de Lafayette, Stendhal) et les dramaturges (Corneille, Racine, Hugo) la prennent pour cadre.

DESPOTISME ÉCLAIRÉ

•

• **Dans le conte** : c'est la solution politique que propose *Zadig* (XIX) : un roi puissant mais intègre, bienfaisant, philosophe (VI, VII, XVII), bien conseillé (V-VII). Voltaire y voit un moyen d'accélérer le progrès (cf. CIVILISATION) et de placer sur terre une puissance qui équilibre les humeurs incohérentes du destin. La fragilité du système est cependant esquissée (malgré les dernières lignes du conte), avec les récits de la chute de Moabdar (XIV-XVI) et avec l'idée du roi élu (début du chapitre XVII).

• **Rapprochements** : la littérature s'est surtout intéressée à la satire de l'arbitraire (Rabelais, V. Hugo, A. Jarry). Mais la réflexion sur les modèles possibles d'une monarchie bienfaitrice est propre à l'époque de Voltaire (*Télémaque* de Fénelon, Montesquieu). Rousseau *(Le Contrat social)* ne l'exclut pas, même s'il fonde sa légitimité sur le consentement des citoyens, sur la « volonté générale ». Au XIXe siècle, Tocqueville *(De la Démocratie en Amérique)* montrera le risque d'un autre despotisme éclairé, celui de l'État, de l'administration, de la bureaucratie.

DESTIN

•

• **Dans le conte** : c'est son sujet, comme l'indique le sous-titre, « *la Destinée* ». Il ne s'agit pas seulement de la « fatalité » des tragédies antiques. Deux approches y sont proposées : le destin n'est que hasard absurde et revirements imprévisibles, injustes, parfois scandaleux ; le destin est incompréhensible aux hommes mais Dieu a un dessein qui leur échappe. Le récit hésite entre ces deux visions et il les combine souvent dans le même épisode (voyez les *leitmotive* du héros, en fin de chapitres). Le thème du destin a plusieurs corrélats : le Mal, Dieu, la liberté. L'itinéraire du héros est une parabole qui concilie la versatilité et le sens de la destinée. Voyez pp.148-149, où la question est analysée en détail.

• **Rapprochements** : Montesquieu doute que ce soit la « fortune » (le hasard) qui domine le monde (*De l'esprit des lois*, XV) et Diderot ironise sur le « fatalisme* » de son personnage Jacques qui croit que *« tout est écrit là-haut »*. La pensée des Lumières s'intéresse au déterminisme* et étudie l'influence de l'histoire, du milieu, de l'hérédité, de l'éducation (*Le Neveu de Rameau* de Diderot, par exemple). D'autres croient à la Providence (cf. ce mot). Les modernes défendent l'idée que le destin est construit par chaque individu, dès lors qu'il sait user de sa liberté et faire des choix (Gide, *La Peste* de Camus, Sartre). Le débat, métaphysique, prend une orientation différente selon qu'on est croyant ou non.

ENVIE

•

• **Dans le conte** : sur le plan des événements contrôlables et objectifs, l'envie est la source principale des malheurs du héros ((IV, VIII, XVII). Image du mal social, le regard d'autrui exprime toujours une malveillance ou un désir qui tournera mal. De même, il est dangereux de voir : Zadig, qui a failli être borgne (I), en fait l'expérience (III). L'innocence et la sagesse, quoi qu'elles fassent, suscitent, à la longue, l'hostilité. Ce thème a une signification profonde, en rapport avec la démonstration « dualiste » du conte : tout bonheur engendre sa contrepartie, l'envie, par un lien de cause à effet.

• **Rapprochements** : l'Envieux est un personnage de comédie (Molière, Marivaux) mais la jalousie est surtout un principe destructeur, forme négative de la passion (*Othello,* Racine, Proust, *Aurélien* d'Aragon, Robbe-Grillet). Les moralistes soulignent que l'envie n'est pas seulement le fruit des rivalités sociales : elle est l'expression d'un irrépressible amour de soi (Pascal, *« l'amour-propre »* de La Rochefoucauld) et d'un intérêt malsain, haineux des autres (Balzac, Céline). La pensée moderne formule des idées comparables avec le thème du regard d'autrui (*Huis Clos* de Sartre).

ESCLAVAGE

•

• **Dans le conte** : ce thème n'y est pas traité comme à l'habitude. Généralement, l'esclavage (la traite des Noirs, surtout) est prétexte à de vigoureuses dénonciations. Ici, il est pris comme élément exotique et comme symbole du dernier degré de l'échelle sociale. Le héros va s'en sortir, en réaffirmant ses qualités (XI-XIII), au point d'échapper aussitôt au sort réservé par le brigand Arbogad à ses autres prisonniers (XIV). La vraie misère est ailleurs dans *Zadig* : tous les hommes sont esclaves du sort et de la mort ; et toute puissance, notamment religieuse, veut asservir.

• **Rapprochements** : c'est au XVIIIe siècle que la condition des Noirs a commencé à provoquer un revirement de l'opinion (Montesquieu, l'*Encyclopédie,* chapitre IX de *Candide,* etc.), préparant l'abolition de 1794. Le thème de l'esclave talentueux qui réussit est emprunté à l'orientalisme des *Mille et Une Nuits.* Mais c'est surtout une des formes extrêmes de la structure du roman d'apprentissage (cf. ce mot).

FANATISME

•

• **Dans le conte** : ce thème de prédilection y est traité allusivement, chaque fois que des prêtres apparaissent ou que l'on parle de religion (VII, X-XII, XVII). Voltaire le relie aux pratiques intolérantes, aux cruelles superstitions (comme le rite du bûcher : X-XI, XIII) et aux crédulités absurdes (comme l'interdit alimentaire : IV). C'est l'*« archimage »* Yébor qui incarne le fanatique le plus obtus (IV). À cet aveuglement nocif, il faut opposer : la sagesse des hommes du concret (Cador, Sétoc, Arbogad) ; la bienfaisance d'un pouvoir laïc et éclairé (VI, XIX) ; l'aspiration à une humanité réconciliée autour du déisme* (XIII) ; la justice sans préjugés (VI-VII, XVII).

• **Rapprochements** : toute l'œuvre de Voltaire est vouée à la lutte contre « l'Infâme » : le fanatisme, les superstitions dogmatiques, les absolutismes. Voyez aussi l'*Encyclopédie* (articles « Superstition » et « Fanatisme »).

FEMMES

•

• **Dans le conte** : elles sont soit idéalisées au point d'être des mirages, des visions incroyables (Astarté), soit – c'est le cas le plus fréquent – fortement caricaturées. Elles sont trompeuses et infidèles (Sémire, Azora), prêtes à toutes les compromissions (II, VII, XI), tyranniques et capricieuses (Missouf), habiles dans l'intrigue (Almora). Le héros doit chacun de ses malheurs à une rencontre féminine, même s'il en reçoit finalement compensation (XIII). Il ne faut pas prendre trop au sérieux cette satire. Elle fait partie de la tradition des contes et de l'esprit « gaulois ». Plus sérieusement, la femme est envisagée comme la forme exagérée de la condition humaine, inconstante et le jouet des destinées.

• **Rapprochements** : le thème de la jeune femme instable et cherchant son destin à travers des aventures galantes est un *leitmotiv* du roman de mœurs au XVIIIe siècle : *La Vie de Marianne* (Marivaux), *Manon Lescaut* (Abbé Prévost), *La Religieuse* (Diderot). Les textes de revendication féministe sont nombreux, par réaction.

JUSTICE

•

• **Dans le conte** : l'action de Zadig, quand il est au pouvoir, consiste surtout dans la pratique juridique (VI-VII). Dès que le héros peut exercer une influence, il sert d'arbitre sage et bienfaisant : face aux tribunaux religieux (IV, XI), face aux divisions sectaires (XIII), face aux menteurs (fin de X). Enfin, c'est une sorte de décision de justice qui le reconduit au pouvoir, après sa victoire dans les épreuves (XVII, XIX). Cette insistance est une dénonciation de l'iniquité du monde judiciaire (les prêtres-juges), des guerres (XIV), du règne de la force (IX, XIV) et des injustices criantes de ce monde (même si elles ne sont qu'apparentes, d'après Jesrad : XVIII).

• **Rapprochements** : Voltaire a beaucoup lutté contre les injustices (affaires Calas et de La Barre). Sa pensée est résumée, sur ce point, dans son *Traité sur la tolérance*. Elle influencera Hugo (*Quatrevingt-treize, Les Misérables*) et des auteurs comme Anatole France, Giraudoux ou Camus. La satire des juges est un lieu commun de la littérature (farces du Moyen Âge, Rabelais, romans comiques du XVIIe siècle, *Les Plaideurs* de Racine) et se retrouve souvent dans le théâtre du XVIIIe siècle (Régnard, *Le Légataire universel* ; Lesage, *Turcaret* ; Beaumarchais, *Le Mariage de Figaro*).

LIBERTÉ

•

• **Dans le conte** : sous le poids du sort et de l'histoire, la liberté humaine paraît fragile. L'homme est victime des déterminismes* et des hasards (cf. DESTIN). La liberté se manifeste alors sous deux aspects : la fuite perpétuelle (VIII, et tous les chapitres à partir du chapitre XIII) et la délivrance grâce à quelque chance où la volonté du héros n'intervient presque pas (grâce à Cador, Almora, Sétoc, Arbogad, l'ermite). La liberté est donc un état provisoire et difficile à créer par soi-même. D'ailleurs quelle liberté peut-on posséder dans un monde régi par la fatalité ? Et qu'est-ce que le libre-arbitre face à la justice répressive et les préjugés (II-IV) ? Ces questions agitent continuellement la conscience de Zadig. Le problème de la liberté politique est traité de façon assez négative : l'anarchie s'étend dès qu'un pouvoir central s'affaiblit (XIV-XV). Reste la grande utopie* du despotisme éclairé (cf. ce mot), résultat d'une défiance à l'égard des hommes livrés à eux-mêmes.

• **Rapprochements** : la réflexion sur les libertés politiques est le grand sujet et la principale revendication des philosophes des Lumières (Montesquieu, Rousseau). De même, le progrès des sciences naturelles a mis en évidence l'influence des phénomènes physiques (déterminismes* physiologiques) sur le comportement humain : théorie des climats de Montesquieu, Diderot *(Lettre sur les aveugles, Rêve de d'Alembert)*, travaux de Condillac. Voyez le dossier, p. 169.

MAL

•

• **Dans le conte** : le mal y est dénoncé sous deux formes : mal métaphysique (le temps et le hasard, destructeurs de l'amour et des illusions) ; mal moral et « culturel » (les hommes, leurs usages, leur violence égoïste, etc.). Comme c'est le cas dans tout conte, le récit suit les étapes d'un conflit entre le héros et l'hostilité du monde. Il fait une rapide revue des malheurs de l'humanité, livrée à l'envie et aux forces de l'ombre. Zadig essaie d'apporter les lumières de la raison et de la bonté, jusqu'à son combat final sous sa blanche armure de héros (XVII, XIX). Cette structure obligée donne une impression de présence multiforme du mal, sans qu'on en saisisse l'origine ou la nécessité. C'est la croyance en la Providence (cf. ce mot) qui résout cette énigme.

• **Rapprochements** : le problème du mal est encore, au XVIIIe siècle, un débat religieux : pourquoi un Dieu bon laisse-t-il régner le mal ? Mais il s'agit aussi de comprendre pourquoi les progrès de la civilisation ne diminuent pas le malheur d'être né. Rousseau pense que l'homme est naturellement bon mais que la société le corrompt (Discours : *Sur les sciences et les arts, Sur l'origine de l'inégalité parmi les hommes*). On voit aussi apparaître, dans la production romanesque, des « romans noirs », inspirés de la littérature anglaise (M.-G. Lewis, H. Walpole) : ils montrent un monde régi par des forces perverses et diaboliques. Voyez *Le Diable amoureux* de Cazotte, Rétif de la Bretonne, Sade et *Les Liaisons dangereuses* de Ch. de Laclos.

MORALE NATURELLE

•

• **Dans le conte** : la critique de la civilisation (cf. ce mot) provoque forcément une apologie* de la nature. Les beautés de l'Orient, toile de fond du récit, sont des lieux de consolation (par exemple, les bords de ruisseau) pour les héros malmenés (III-IV, IX, XVI). La leçon donnée à Ogul (fin du chapitre XVI) illustre une théorie de la morale naturelle : elle s'oppose aux diverses superstitions contre-nature (IV, fin du chap. XI, début du chap. XVI). Zadig constate par ailleurs que la science théorique n'apporte pas le bonheur (III).

• **Rapprochements** : le XVIIIe siècle a cru au mythe du « bon sauvage » et à l'idée d'un principe inné guidant l'homme vers ce qui est nécessaire et bon. D'où les théories défendant (après Rabelais et Montaigne) une éducation fondée sur le naturel : Rousseau *(Émile)* et les textes d'utopie* exotique (*Supplément au voyage de Bougainville* de Diderot ; *Paul et Virginie* de Bernardin de Saint-Pierre). Sur cette question, voir aussi Gide *(Les Nourritures terrestres)* et, surtout, Tournier *(Vendredi ou les Limbes du Pacifique)*.

ORIENT

•

• **Dans le conte** : influencé par les textes orientaux, *Zadig* présente quelques clichés exotiques : un décor propice à l'imaginaire, avec ses déserts et ses oasis ; une atmosphère lascive (le sérail, les sultanes) et cruelle (les mages*, les intrigues de palais) ; l'absence de préjugés nobiliaires et l'hospitalité des grands ; le fatalisme* et la résignation de l'homme soumis aux caprices du destin ; la sagacité du héros qui se sauve sans cesse de situations précaires. Mais, bien entendu, c'est de la France que nous parle cet Orient : il en conserve les principaux travers (cf. CIVILISATION, COMÉDIE HUMAINE, COUR, JUSTICE, etc.).

• Rapprochements : Voltaire ne croyait guère au mythe du bon sauvage. Mais il cède à la mode islamique *(Mille et Une Nuits)*, persane (Montesquieu) ou... péruvienne (Mme de Graffigny). Il s'est renseigné par des récits de voyages et divers témoignages, comme l'indiquent nos notes en bas de pages. Les mythes orientalisants sont tenaces, au XIXe siècle : *Les Orientales* de Hugo, *Les Poèmes barbares* de Leconte de Lisle, *Salammbô* de Flaubert, etc. Le « voyage en Orient » devient même un genre littéraire (Nerval).

RELIGION

•

• **Dans le conte** : à sa critique appuyée des prêtres et des rites (IV, VII, XI, XIII), Voltaire oppose un déisme* universel et conciliant (XII). La religion est surtout dénoncée sur le plan social : elle est présentée comme un instrument de pouvoir au service d'une catégorie sociale privilégiée (XI), soucieuse de maintenir des institutions absurdes par appât du gain. Les prêtres sont cupides, orgueilleux, hypocrites. Zadig est leur ennemi objectif car il défend une simple croyance en Dieu, sans intermédiaires ni liturgies ineptes, en vue du règne de la justice (X-XI). L'auteur utilise une tactique de polémiste, en assimilant toute foi à une superstition grotesque et nuisible.

• **Rapprochements** : le déisme* philosophique n'est pas propre à Voltaire. Il séduisait Montaigne. Le courant libertin du XVIIe siècle l'a envisagé (Gassendi, Cyrano de Bergerac), à la suite de Descartes. Rousseau le nomme *« religion naturelle »* (*La Nouvelle Héloïse ; Émile ; Confessions*, VI).

SAGESSE

•

• **Dans le conte** : Zadig a pour fonction de réconcilier la réalité humaine avec les volontés divines. La conclusion, qui renoue avec l'état parfait du début, montre qu'il y est parvenu, après avoir été tenté par de fausses solutions, comme l'étude des sciences (IV) ou le fatalisme* (XII-XV). C'est sa sagesse qui le conduit finalement au bonheur individuel, lequel rejaillit sur toute la civilisation. Le héros a su rester en communion avec un idéal, ne pas désespérer ni se laisser corrompre : il devient roi parce qu'il est le plus vaillant et le plus sage (XVII).

• **Rapprochements** : loin de l'idéal de sagesse antique (cher encore aux moralistes du XVIIe siècle), Voltaire propose l'image d'un sage actif, soucieux du progrès, tourné vers les autres, refusant la retraite studieuse et narcissique. Il évoluera partiellement, sur ce point (voyez *Candide*, XXX). Mais il rejoint la vision évangélique du christianisme primitif (altruiste, tolérant, dont les bienfaits sont récompensés). Sous une forme plus laïque, on retrouve cette attitude au XXe siècle (*La Peste* de Camus, *Mémoires d'Hadrien* de M. Yourcenar).

TEMPS

•

• **Dans le conte** : les marques du temps qui passe sont confuses mais perceptibles. Le temps transforme – chose banale – l'idéal de la jeunesse (I). Mais il ruine aussi les réalisations que Zadig propose pour garantir une durée : la science (III), la philosophie et l'amitié (IV), un gouvernement juste et efficace (V-VII). Le récit est pris dans une logique du cycle et du recommencement, comme pour révéler l'inanité des actions humaines (voyez le dossier sur la structure de l'œuvre, p. 145). On retient surtout l'ineptie des conséquences historiques (VI) et la bousculade des destinées (cf. DESTIN). Le temps final (XIX), l'éternité bienheureuse, appartient à l'utopie des contes de fée, car le lecteur a pu constater que l'histoire n'est que chaos et destruction. En revanche, l'esprit y gagne : le temps est la substance de l'expérience. Il permet du moins l'apprentissage (cf. ce mot).

• **Rapprochements** : voulant dénoncer les caprices de l'histoire, Voltaire prive le temps de ses fonctions littéraires habituelles. Il ne retient qu'un temps romanesque un peu dérisoire (aventures, rebondissements, fuite, cycle et répétitions, retrouvailles). Ce sera bien pire dans *Candide*. Rousseau et les romantiques exaltent au contraire le charme du souvenir, la reconstruction d'une jeunesse, la saveur du temps qui coule, la beauté de la nostalgie (*Confessions* de Rousseau). Et les poètes chantent l'art de profiter du moment (Ronsard, La Fontaine, Lamartine, Baudelaire).

TOLÉRANCE

•

• **Dans le conte** : elle est surtout évoquée par sa négative (cf. FANATISME, LIBERTÉ et RELIGION). Elle est fragile et provisoire. Même le bon roi Moabdar peut devenir sans pitié, quand il est vexé (VIII), ou perdre toute rigueur, quand il est sous la coupe d'une excentrique (XVI) : la tolérance ne résiste pas longtemps aux aigreurs personnelles. Elle constitue cependant le fond de la sagesse de Zadig (V-VII), notamment sur le plan religieux (XII) et face à des institutions cruelles (XI).

• **Rapprochements** : Voltaire a été l'apôtre de la tolérance. Il s'est battu contre les procès religieux, contre l'esclavage et contre la torture. Sa pensée est résumée dans son *Traité sur la tolérance.* Voyez aussi sa lettre « sur Monsieur Locke » dans les *Lettres philosophiques.* Montesquieu et les Encyclopédistes ont milité dans le même sens.

VANITÉ

•

• **Dans le conte** : la vanité consiste à être plein de vide. Elle a pour fonction d'être le contraire de la sagesse, puisqu'elle fait la synthèse de l'ignorance, de la vénalité, de l'orgueil. Tous ceux qui veulent conserver un pouvoir acquis sans les mérites personnels qui le justifie sont des vaniteux : les prêtres, les courtisans, les envieux, les juges (cf. ces mots et COMÉDIE HUMAINE). C'est Itobad (XVII, XIX) qui incarne le mieux la vanité, type du « mauvais riche », paradeur poltron et « sans esprit », combattant déloyal et ridicule. Voltaire règle ses comptes aux nobles porteurs d'épée qui le méprisaient.

• **Rapprochements** : Voltaire déteste les êtres qui se font honorer par leur seul nom, « en *ac* ou en *ille* » *(Lettres philosophiques, X) :* il leur préfère un négociant ou un *« homme utile à sa patrie ».* Le thème recouvre donc une partie de la bataille philosophique contre les privilèges. La satire du noble plein de morgue (oisif, parasite, amoral) est commun chez les moralistes (La Bruyère, *Les Caractères, VII et IX*) et les dramaturges : Molière *(Don Juan)*, Beaumarchais *(Le Mariage de Figaro)*. Au XVIIIe siècle, elle se confond avec la critique de la richesse sans la bonté (Lesage, Rousseau), que l'on oppose à la vertu et au travail.

VOYAGE

•

• **Dans le conte** : *Zadig* est un récit de voyage. La progression narrative repose sur une pérégrination circulaire. Un effet de lecture est ainsi ménagé, à la manière romanesque : voyez les dossiers *Structure de l'œuvre* (p. 145) et *Le Conte voltairien* (p. 156). Même les récits à tiroirs (XIII-XVI) s'apparentent à des histoires bousculées. En fait, le voyage est ici une image de la vie, hasardeuse et cyclique.

• **Rapprochements** : Voltaire n'est pas seul à utiliser le voyage comme moyen d'enquête satirique et de quête philosophique. Rabelais exploite à l'extrême ce procédé (*Tiers* et *Quart livres*). Dans *Micromégas*, Voltaire présente même un voyage « extra-terrestre ». D'une façon générale, on bouge beaucoup dans les romans du XVIIIe siècle, qu'il s'agisse de romans de mœurs (*Manon Lescaut* finit aux Amériques) ou de romans à idées (*Jacques le Fataliste* de Diderot). On peut y percevoir le reflet d'une société mobile et cosmopolite, une des caractéristiques des « modernes », par opposition aux « classiques » qui voient dans le besoin de voyager une tare, une instabilité maladive (Pascal, La Bruyère).

Vue du château de Ferney à Monsieur de Voltaire, du côté du couchant, *gravure de Queverdo d'après Signy. B.N., Est.*

Ahriman : principe du Mal dans la religion mazdéenne ; selon l'enseignement de Zoroastre•, le monde est sous l'influence de deux principes opposés, le Bien et le Mal, en lutte perpétuelle.

Asraël : nom d'un ange qui, selon la religion musulmane, est chargé de séparer les âmes des corps des défunts.

Avesta : nom donné à l'ensemble des textes mazdéens (livres sacrés des anciens Perses et Iraniens), attribués au prophète Zarathoustra.

mages : nom donné aux membres de la caste des prêtres dans le mazdéisme•.

mazdéisme : religion de la Perse et de l'Iran anciens ; elle fut révélée vers le VIIIe siècle par le dieu du Bien Ahura-Mazda, à Zarathoustra, et consignée dans l'*Avesta*•. Cette religion est dualiste : pour elle, l'homme a à choisir entre deux principes qui se disputent le monde (*Ahriman*• et *Ormuzd*•), en attendant le Jugement dernier, qui succèdera au triomphe du Bien. En Inde, le mazdéisme se nomme *parsisme*•.

Mithra : grande divinité des Perses, génie des éléments et juge des morts. Son culte à mystères a envahi tout le bassin méditerranéen (et la civilisation romaine) à partir du IIe siècle avant J.-C.

Ormuzd : nom donné au principe du Bien dans la religion mazdéenne ; confondu avec le dieu lui-même, Ahura-Mazda, il s'oppose à Ahriman.

Orosmade : autre nom d'*Ormuzd*•.

parsisme : religion des Parsis, mazdéistes vivant en Inde.

saba (ou *Sabba*) : nom donné, dans les croyances de l'Arabie ancienne, au ciel et aux astres ; le culte des cieux prit naissance dans un peuple arabe, les Sabéens, d'où son nom *sabisme*• ou *sabéisme*•. *Saba* est d'abord le nom de l'état lui-même des Sabéens (correspondant à l'actuel Yémen), royaume antique et légendaire (cf. la reine de Saba, dans la Bible) qui tomba sous la domination des Perses en 570.

sabéisme (ou *Sabisme*) : nom des cultes propres à une secte religieuse de l'islam primitif, répandue chez les Sabéens.

Zend : nom donné aux commentaires de l'*Avesta*•, attribuées au prophète Zarathoustra, et à son enseignement.

Zoroastre : autre nom de *Zarathoustra*, réformateur de la religion iranienne antique, né en Médie (VIIIe siècle environ) : il institua la caste des *mages*• et enseigna une doctrine qui influença profondément la religion des Perses et de certains Hindous (*les Parsis*), et qui se mêla par la suite à certaines croyances de l'Islam oriental.

athéisme : attitude ou doctrine de celui qui nie l'existence de Dieu.

cosmopolitisme : manière de vivre ou de penser qui reçoit l'influence de l'étranger.

cynisme : philosophie grecque qui prétendait revenir à la nature en méprisant les conventions sociales, l'opinion publique et la morale ; par extension : mépris des convenances, voire provocation.

déisme : système de ceux qui admettent l'existence de Dieu en rejetant toute révélation, toute structure religieuse exclusive, tout dogme.

déterminisme : doctrine selon laquelle tous les phénomènes, y compris ceux qui engagent le comportement et les actes de chacun, dépendent de lois ou de causes qui les provoquent nécessairement. Le fataliste croit que ces enchaînements sont tous fixés à l'avance par une puissance supérieure qu'on ne peut influencer.

dogmatisme : attitude de celui qui, admettant des vérités et des principes, prétend les imposer.

empirisme : théorie philosophique qui place dans l'expérience seule la source de toute connaissance. Son principal fondateur est l'anglais Locke.

fatalisme : voir ***Déterminisme***.

idéalisme : en philosophie, système qui sur le plan de l'existence et de la connaissance ramène l'être à la pensée et les choses à l'esprit ; en esthétique, conception qui donne pour fin à l'art non l'imitation du réel, mais la représentation d'une nature idéale plus satisfaisante pour l'esprit et le cœur.

manichéisme : doctrine fondée sur la cœxistence du Bien et du Mal. Par extension, attitude qui tranche définitivement et catégoriquement entre bien et mal, bon et mauvais, etc.

matérialisme : le matérialiste croit qu'il n'existe d'autre substance que la matière, dont la fermentation et les mutations expliquent toute vie, même celle de l'esprit.

mysticisme : croyances et pratiques se donnant pour objet une union intime de l'homme et de la divinité.

paganisme : par opposition au christianisme, se dit des diverses religions polythéistes de toutes les époques.

providentialisme : croyance en la providence divine et attitude qui consiste à expliquer tous les événements comme voulus par Dieu.

raison suffisante : rien n'arrive sans cause ou sans raison ; on peut donc expliquer pourquoi il arrive ceci plutôt que cela. Le monde est une chaîne logique de causes et d'effets où tout a *« une raison suffisante »* (théorie de Leibniz).

rationalisme : doctrine d'après laquelle tout ce qui existe a sa raison d'être et peut donc être considéré comme intelligible.

scepticisme : doctrine philosophique qui érige le doute en système.

sémantique : *subst.* : étude du sens des mots ; *adj.* : relatif au sens.

sensualisme : doctrine, dont Condillac est le principal représentant en France au XVIIIe siècle, selon laquelle toutes nos connaissances proviennent de nos sensations.

spiritualisme : à l'inverse du matérialisme, doctrine qui admet l'existence de l'esprit comme réalité supérieure et substantielle.

subjectivisme : attitude d'une personne qui juge et raisonne uniquement d'après ses opinions et ses sentiments, et qui a la volonté de valoriser comme seule vérité digne d'intérêt celle que lui dictent ses goûts.

sublimation : élévation, épuration d'un sentiment ou d'une passion. La sublimation permet à certaines pulsions de se transformer en s'attachant à des valeurs idéales et/ou positives, socialement autorisées.

transformisme : théorie biologique selon laquelle les espèces vivantes ne sont pas fixes et distinctes, mais variables et capables de se transformer, en évoluant sans cesse à partir d'un ou plusieurs types primitifs. Ces mutations s'expliquent par l'adaptation de l'animal au milieu (Lamarck) ou par la lutte pour la vie des espèces entre elles (Darwin).

utopie : conception imaginaire d'une société idéale.

Le souper des philosophes, *gravure de Huber.*
1. Voltaire - 2. Le Père Adam - 3. L'abbé Mauri - 4. D'Alembert - 5. Condorcet
6. Diderot - 7. La Harpe.

LEXIQUE DES TERMES LITTÉRAIRES

abyme (ou *Abîme*) : il y a « mise en abyme » quand des éléments représentatifs de l'ensemble d'une œuvre (ici le conte) sont insérés dans le récit.

allégorie : personnification d'une abstraction, par exemple : la Mort.

antinomie : conflit ou contradiction entre deux phénomènes qui obéissent à des lois contraires.

antiphrase : figure de rhétorique qui consiste à exprimer le contraire de ce qu'on veut signifier.

apologie : texte ou propos visant à défendre une personne ou une idée, à en faire l'éloge, à en justifier les raisons.

diachronie : caractère des phénomènes linguistiques étudiés du point de vue de leur évolution dans le temps.

didascalies : indications données par l'auteur dans une pièce.

ellipse : suppression dans la phrase de mots que le lecteur pourra facilement suppléer; par exemple : *« arriverai demain, avion matin »*.

humour : art de faire entendre qu'il y a une différence entre l'idéal et le réel. Il s'exerce volontiers contre les grands sentiments et les choses réputées sérieuses. Il se fonde sur une fausse naïveté. Quand il s'exerce sur le tragique ou le macabre, il devient humour noir.

hyperbole : mise en valeur d'une idée par une expression qui la dépasse par son exagération ou sa force.

ironie : figure de style qui consiste à dire, par raillerie, le contraire de ce que l'on pense ou de ce que l'on veut faire penser (cf. *Antiphrase*). Les sources en sont l'observation, la comparaison et le doute, c'est-à-dire le scepticisme.

litote : atténuation de l'expression en en disant le moins possible ou en évitant une formulation qui pourrait déplaire.

locuteur : personne à laquelle l'auteur prête un langage oral et qui intervient au style direct.

lyrisme : forme de poésie destinée à être chantée avec accompagnement musical (souvent la lyre) ; par extension : expression des sentiments, des émotions.

oxymore : figure de style qui rapproche des termes dont les significations paraissent se contredire ; exemple : *« cette obscure clarté qui tombe des étoiles »* (Corneille).

parodie : contrefaçon ou travestissement moqueur d'un ouvrage littéraire.

pastiche : œuvre dans laquelle l'auteur a imité le style d'un maître, souvent dans une intention parodique.

pathétique : *nom* ou *adjectif* ; qui suscite une forte émotion, la pitié.

périphrase : figure de style qui consiste à utiliser au lieu d'un mot, un ensemble de mots qui forme le même sens.

pittoresque : effort pour frapper l'attention en imitant ce qui fait image, ce qui donne du relief, de la couleur. Recherche appuyée de la peinture originale.

SUR VOLTAIRE

G. LANSON, *Voltaire*, Paris, Hachette, 1906.
R. NAVES, *Voltaire*, Paris, Hatier, 1942 (coll. « Connaissance des Lettres »).
R. POMEAU, *Voltaire par lui-même*, Paris, éd. du Seuil, 1955 (coll. « Écrivains de toujours »).
J. ORIEUX, *Voltaire ou la royauté de l'esprit*, Paris, Flammarion, 1966.

SUR *ZADIG*

G. ASCOLI, *Zadig ou la Destinée*. Histoire orientale, édition critique, avec une introduction ; édition revue et complétée par Jean Fabre, Paris, Didier, 1962.
M. CLÉMENT, « *Zadig ou la Destinée* ». Histoire orientale de Voltaire. Étude et analyse, éd. de la Pensée moderne, 1972.
V.-L. SAULNIER, *Zadig ou la Destinée*, édition critique avec une introduction, Genève, Droz, 1946.
J. VAN DEN HEUVEL, *Voltaire dans ses contes*, Paris, Colin, 1967.

Imprimé en France, par CPI-Hérissey à Évreux (Eure) - N° 112456
Dépôt légal : 10/2009 – Collection N° 65 - Édition N° 04
16/9296/1